Les serpents viendront pour toi

DE LA MÊME AUTRICE

Que sur toi se lamente le Tigre, Elyzad, 2020 ; coll. « Étonnants classiques », Flammarion, 2022.

EMILIENNE MALFATTO

Les serpents viendront pour toi

RÉCIT

J'AI LU

Aux enfants de Maritza.

À ma mère.

Contente-toi de savoir que tout est mystère:
la création du monde et la tienne,
la destinée du monde et la tienne.
Souris à ces mystères comme à un danger
que tu mépriserais.
Ne crois pas que tu sauras quelque chose
quand tu auras franchi la porte de la Mort.
Paix à l'homme dans le noir silence de l'Au-Delà.

Omar KHAYYAM

Capitale • Villes
Principaux axes routiers
Troncal del Caribe
Mer
des Caraïbes
Riohacha
Santa Marta
Barranquilla
Cartagena
CARTE de la SIERRA NEVADA
DE SANTA MARTA
La Jagua de Ibirico
VENEZUELA
COLOMBIE
Medellín
Bogotá
100 km

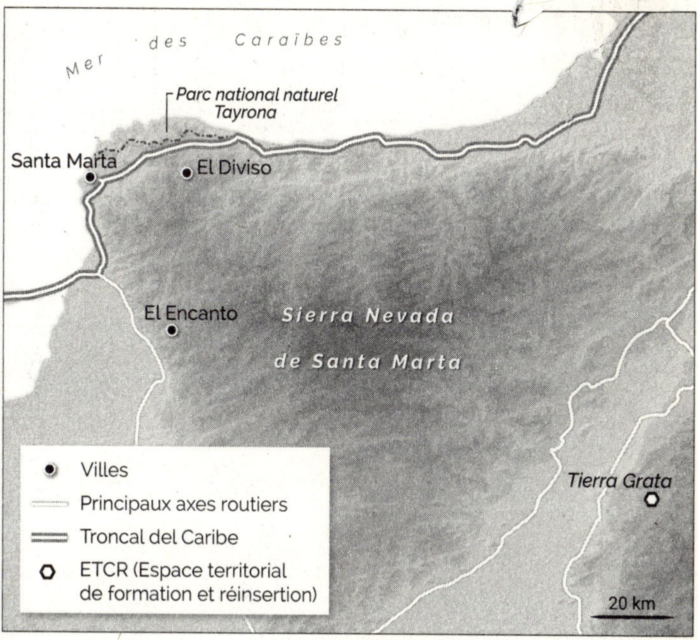
Mer des Caraïbes
Parc national naturel Tayrona
Santa Marta
El Diviso
El Encanto
Sierra Nevada de Santa Marta
Tierra Grata
Villes
Principaux axes routiers
Troncal del Caribe
ETCR (Espace territorial de formation et réinsertion)
20 km

Nord de la Colombie, janvier 2019

Voilà. La *mala hora* est arrivée. Dans quelques instants, Maritza Quiroz Leiva sera morte. Il fait noir sur les premières pentes de la Sierra Nevada. Des lumières filtrent par les interstices de la *finca* de Maritza, même pas une ferme, une masure de béton et de bois perdue dans le café, le cacao et les cris d'oiseaux. L'endroit s'appelle El Diviso. Pour y parvenir, il faut compter plus d'une heure à moto sur des pistes défoncées, glissantes, boueuses en saison des pluies, des virages serrés à l'assaut de la Sierra, cette titanesque étoile de roc, des cordillères comme des bras tendus vers le sommet et entre elles des rivières aux noms magiques qui coulent comme entre les doigts d'une main ouverte.

La ferme est sur la gauche, accrochée aux pentes de caféiers, au bout d'un chemin bordé de mandariniers. Il n'est pas tard mais on ne distingue rien en cette nuit sans lune. Nous sommes le 5 janvier et Maritza va mourir.

À l'intérieur, Maritza et son fils Camilo dorment encore. Ou peut-être Maritza est-elle déjà éveillée. Ce sont les coups sur le bois qui réveillent Camilo, ou peut-être sa mère, d'une pression sur l'épaule, il ne se souvient plus. Il est dans cet état un peu second du dormeur de l'après-midi qui revient à lui après le coucher du soleil. La radio ronronne en fond sonore, voix d'homme et voix de femme, une émission religieuse. Camilo se redresse sur le mauvais lit, ensuqué de sommeil, c'était une sieste vespérale, ils n'avaient pas encore dîné.

Maritza a déjà compris, elle tord ses mains, elle sait ce que signifient ici des visiteurs impromptus après neuf heures du soir. Elle met son index sur ses lèvres, chut, surtout ne pas faire de bruit. Ceux qui sont à la porte ignorent peut-être la présence de son fils. Elle a des gestes pour lui faire comprendre qu'il doit se couler sous le lit. Camilo n'y croit pas mais il connaît les peurs de sa mère, sa nervosité, il hoche la tête, d'accord, il s'allonge sur la dalle de béton.

À la porte les coups se sont faits insistants. « Ouvrez, madame Maritza. » Une voix d'homme, pas vraiment menaçante mais un peu quand même, le genre qui ne souffre pas de contradiction. Maritza gagne quelques secondes, « j'arrive », des pleurs dans la voix, la panique. Elle se signe, *Mon Dieu, protégez-moi*, Camilo n'est pas certain de ce souvenir-là. La voix insiste. Maritza tire le verrou. Camilo est sous le lit. Sa mère ouvre. Elle s'avance, fait quelques pas dans l'obscurité, comme pour empêcher les tueurs de rentrer dans la pièce. Il ne les voit pas. Il ne la voit plus. La nuit est trop dense. Un temps. Silence. Camilo n'entend que les bruits de la nuit et la radio que sa mère n'a pas éteinte.

Soudain deux claquements secs. Deux coups de feu, le bruit lourd d'un corps qui s'affale, un son de bois heurté, peut-être a-t-elle touché la porte dans sa chute. Puis deux autres tirs, comme après réflexion. Les cartouches vides tintent en tombant. Camilo ne bouge pas, ne crie pas, son souffle se fait tremblant, haletant. Il attend longtemps, aplati sous le lit, ses yeux de myope rivés sur le mur bleu et le rectangle de ténèbres où sa mère a disparu. Il attend que les tueurs viennent le chercher, le tirent de sa cachette comme un animal pris au piège. Mais rien ne se passe. La mort est repartie sans bruit. Camilo n'entend plus que la nuit tropicale avec ses grésillements d'insectes et ses cris d'animaux qui ignorent que Maritza est morte.

1

Ça s'est fini comme ça. Quatre balles dans le corps, à plat ventre sur les pentes de la Sierra Nevada de Santa Marta, ces montagnes qui plongent dans la mer Caraïbe, là où vivent les Indiens et nichent les aigles, où poussent les plantes sacrées et celles qui rendent les hommes fous. Là où cette histoire avait commencé, quinze ans plus tôt.

Maritza Quiroz Leiva, soixante et un ans, mère de six enfants, assassinée le 5 janvier 2019. Le cinquième assassinat de leader social de l'année, le cinquième en moins d'une semaine. La nouvelle fit quelques gros titres, les journaux remplirent leurs colonnes d'informations inexactes faute de mieux, puis l'histoire se perdit dans le flot des informations. J'étais loin, je n'ai rien su alors. Je n'ai appris ton nom, Maritza, que par hasard, des mois plus tard, dans une petite pièce sous un toit de Bogotá. Pourquoi t'avoir choisie, toi ? Peut-être parce que tu étais une mère, que tu étais à peine plus âgée que la mienne et que, sur la seule photographie de ta jeunesse que j'ai vue, tu as comme elle les cheveux courts, noirs et frisés. J'ai eu envie de savoir comment ta vie en était arrivée là.

Au départ, tu étais un point sur une carte, une statistique dans un tableau sur les assassinats de leaders sociaux, en progression constante dans le pays depuis l'accord de paix de 2016 entre le gouvernement colombien et les FARC, les Forces armées révolutionnaires de Colombie, fruits d'une insurrection paysanne dans un pays où la gestion de la terre est profondément archaïque – pour ne pas dire féodale.

En 2016, donc, après plus d'un demi-siècle de conflit, après des tentatives avortées, des négociations interrompues et finalement quatre années de pourparlers à Cuba, un accord fut signé. On parla beaucoup de la paix mais il paraîtrait plus juste de parler d'*une guerre en moins*. Le conflit colombien, multifacette, a impliqué tant de mouvements – autres rébellions, alliées ou concurrentes, paramilitaires, narcotrafiquants, armée régulière plus ou moins corrompue – qu'il était illusoire de penser le résoudre aussi facilement.

Cinq décennies de guerre ont laissé plus de sept millions de victimes – morts, disparus, déplacés. Le nombre continue d'augmenter. Les dissidences des FARC se multiplient, rejettent l'accord de paix et reprennent les armes. Quant aux colonnes qui ont effectivement cessé le combat, leur retrait des zones rurales a créé un vide et laissé le champ libre à différents groupes qui pullulent en Colombie, premier producteur de cocaïne au monde. Les paramilitaires *officiellement* démobilisés au début des années 2000 gagnent en force et en visibilité – sous diverses appellations – depuis le retour au pouvoir d'un gouvernement plus complaisant. Et les leaders sociaux, issus de la société civile, sont assassinés.

« Le pays est dans un état catastrophique », lâche avec une grande lassitude un ami de longue date, journaliste, accoudé dans un troquet du centre de Bogotá. Je suis arrivée la veille. Il y a longtemps que je ne vis plus ici. J'avais oublié la misère crasse de la capitale, sa noirceur de pollution et de pauvreté, ses estropiés qui dorment dans la rue, ses déplacés, rebuts du conflit qui s'entassent dans des bidonvilles accrochés aux montagnes, sa violence. Ils arrivent de partout, de l'Amazonie, des Caraïbes, de la façade Pacifique où on vient justement de massacrer des responsables indigènes, ça fait la une des journaux en vente aux petits kiosques.

Avant de m'intéresser à ton cas, Maritza, j'ai couru pendant de longues semaines, sous les averses de Bogotá, les organisations, les universités, les bureaux pour tenter de comprendre ce phénomène d'assassinat des leaders sociaux – dont ta mort est, en quelque sorte, une étude de cas. J'ai interrogé des professeurs des universités de los Andes et de la Nacional, mon ancien campus qui fleure toujours la marijuana et la liberté, j'ai parlé à des avocats et à des chercheurs, à des militants inquiets et à des journalistes désabusés.

Qu'est-ce qu'un « leader social » ? Le terme est beaucoup utilisé en Colombie, en mode fourre-tout. Retenons qu'il désigne toute personne qui se consacre à la défense ou à la promotion de droits – les siens, ceux d'une communauté, de l'environnement, de travailleurs, etc. De tout temps, les leaders sociaux ont fait l'objet de menaces, de persécutions, y compris légales, de meurtres. Mais, depuis l'accord de paix, il en meurt davantage chaque année, dans tout le pays. En 2016, 97 leaders sociaux ont été assassinés. En 2017, 159. En 2018, 172. Et en 2019, 250. En mathématiques, on appelle cela une croissance exponentielle. On pourrait aussi appeler ça un massacre.

En définitive, on peut résumer ainsi la problématique : quiconque se met en travers de puissants, ou de leurs intérêts économiques – narcotrafic, grands projets énergétiques, miniers, agricoles ou autres –, est éliminé. Trop d'argent à gagner pour que la vie humaine fasse le poids.

On pourrait aller plus loin en parlant de massacre que les autorités s'appliquent à minimiser – voire carrément à nier. Les élites politiques et économiques ont la mainmise sur ce pays depuis des générations, des siècles, elles n'ont pas intérêt à ce que les choses changent. Le chaos les sert.

En décembre 2017, le ministre de la Défense a déclaré publiquement que l'immense majorité des assassinats de leaders sociaux étaient le résultat de disputes de voisinage et d'« affaires de jupons ».

Plus récemment, en juillet 2020, alors que la rédaction de ces pages était presque terminée, le président colombien, Iván Duque, a affirmé que ces meurtres avaient diminué de 25 % depuis le début de son mandat – soit depuis 2018. Les chiffres disent pourtant le contraire.

Ta mort, Maritza, est venue s'ajouter à une liste déjà longue et qui ne cesse de croître.

2

Le petit avion s'incline et tout est vert. Un tapis émeraude. Des grands rubans d'eau qui serpentent entre la forêt comme des anacondas géants.

Je suis venue dans ce monde du bout du monde, dans cette ville dont je tairai le nom, rencontrer tes enfants, Maritza. Certains d'entre eux se cachent ici depuis ta mort. Depuis que la presse a révélé la présence de ton fils lors de l'assassinat, en divulguant son patronyme complet, ne manquaient que l'adresse et une photo d'identité.

J'ai craint un moment de ne pas arriver jusqu'ici. Rien n'était gagné d'avance. Tes enfants sont méfiants, traumatisés, et je n'ai obtenu leur contact que par chance et grâce à un bon réseau de camarades journalistes en Colombie.

Je n'ai dit à personne où j'allais, pas même aux amis qui m'ont conduite à l'aéroport en brûlant tous les feux rouges, retard oblige. Pour finir, l'avion a failli ne pas décoller. Un problème de poussins et de ventilation défectueuse, les volailles risquaient d'étouffer dans la soute mal oxygénée, a annoncé le commandant de bord impassible en nous reconduisant à l'aire de départ. Mon voisin a pris un air goguenard. C'était un militaire, un jeune lieutenant avec les cheveux ras et des yeux de myope derrière ses lunettes. Nous avons discuté en attendant une résolution de la crise aviaire. Le militaire était aussi joueur d'échecs, buveur de whisky, fumeur de joints et grand lecteur, un mélange improbable. Puis l'avion a décollé, les poussins étaient saufs, et nous avons survolé les montagnes, les nuages et le tapis vert tandis qu'à ma droite le lieutenant parlait de Neruda et de García Márquez. Et j'ai pensé à l'ironie d'un avion qui reste à terre pour sauver des poussins dans un pays où les humains meurent si facilement.

La ville où vivent tes enfants, Maritza, est un gros village posé au bord d'un fleuve immense, comme une coulée d'argent liquide au milieu de la forêt, ou un de ces métaux brillants et dangereux, une nappe de mercure. En attendant mon rendez-vous avec ta fille Ariadna, je suis partie en exploration sur une bicyclette rose bonbon prêtée par la patronne de l'hôtel échouée sur ces rives lointaines. Je suis passée devant un camp militaire comme il y en a dans toute la Colombie. J'ai repensé aux paroles d'un chercheur dans son petit bureau de l'Universidad Nacional, à Bogotá, sous les guirlandes de la fête des Morts oubliées au plafond: « ... Et quand l'État arrive dans ces zones de frontière interne, il le fait uniquement sous une forme répressive. » C'est le cas ici aussi. Dans le ciel très contrasté, magnifique, des oiseaux tournent contre les nuages. Je pense d'abord à des aigles, mais ce sont des charognards.

Je rencontre ta fille à la fin du jour. Ariadna te ressemble, Maritza, elle est superbe, je ne sais pas comment le dire autrement. Grande et mince, comme toi, le teint café au lait, les cheveux crépus retenus haut sur le crâne. Je l'ai revue depuis et j'ai chaque fois été frappée par sa maîtrise et son calme. Elle a été ma porte d'entrée dans ton histoire. C'est à Ariadna que j'ai d'abord exposé mon projet, c'est elle qui m'a fait rencontrer ses frères et sœurs. Nous avons longuement discuté dans le patio de sa petite maison. Et sa mémoire précise, presque photographique, m'a aidée à retracer de nombreux chapitres de ta vie.

3

Par où commencer le récit d'une vie, Maritza ? J'en connaissais la fin – ton assassinat, le 5 janvier 2019 –, il a fallu en retracer le début.

Maritza Quiroz Leiva, née le 26 septembre 1957 à La Jagua de Ibirico, dans l'est de la Colombie. Voilà pour le commencement de ton histoire, dans un hameau oublié au pied des montagnes, la dernière épine dorsale des Andes où se posent les nuages avant de reprendre leur route vers le Venezuela. Le village est lové dans la savane sur un sol de charbon que des machines déchirent chaque jour, une mine à ciel ouvert, une immense escarre dans la terre.

On dit que l'endroit tire son nom du fondateur du lieu, Juan Ramón de Ibirico, un Espagnol, un colon. La *jagua* est un arbre qui donne de grosses baies comestibles et dont le jus colore la peau, presque en noir. Il y a longtemps, quand les indigènes se préparaient pour une bataille, ils paraient leurs corps de peintures de guerre avec ce liquide.

Tes parents, Consorcia Leiva et José Urbano Quiroz, venaient de familles pauvres de la région. Ta mère, Consorcia, est née à El Paso, où les hommes vivent aussi du charbon et voient, dans le lointain, les pics de la Sierra Nevada. Elle travaillait comme employée domestique – bonne à tout faire – dans des maisons de famille ou à l'hôpital, mais son caractère ombrageux la faisait souvent renvoyer. José Urbano, ton père, était natif de La Jagua de Ibirico. Il était journalier, à manier la machette aux champs sous un soleil de plomb pour un salaire de misère.

Ils s'installèrent à La Jagua et eurent ensemble trois enfants. Ce fut d'abord Wilson, puis toi, Maritza, et enfin, deux ans plus tard, Walter. Puis votre père partit. Il vous quitta sans savoir qu'il le regretterait plus tard, sur ses vieux jours.

Vous, les enfants, étiez devenus fardeaux pour votre mère abandonnée. À quatre ans, Maritza, tu fus donc confiée à ta grand-mère maternelle puis, à la mort de celle-ci, à ta grand-tante Agripina, qui vivait dans un autre village perdu de la région.

Il en va des histoires de famille comme des souvenirs d'enfance. Chacun possède sa propre vérité, sa propre légende, dont il refuse de douter. Des rôles précis y sont assignés aux autres. L'amour, la jalousie, l'envie, la mauvaise foi, la rancœur s'y mêlent. Aussi l'histoire de tes jeunes années, Maritza, est-elle radicalement différente selon le récitant.

Consorcia Leiva, ta mère, est aujourd'hui une très vieille dame tourmentée qui vit dans un village écrasé de poussière et de soleil. L'endroit s'appelle, curieusement, Aguas Blancas: « eaux blanches ». Pour arriver jusqu'ici, j'ai déroulé les liens familiaux comme une pelote de laine, Maritza. Tes enfants m'avaient donné le contact d'un oncle, ton frère Wilson. C'est lui que j'ai rencontré en premier à Valledupar. Mais il avait peu de souvenirs de toi – ou guère envie de les raconter. Alors j'ai continué à défaire la pelote, demandé à rencontrer votre mère. Wilson n'a pas voulu m'accompagner chez elle. « Mais Royero pourra peut-être t'y emmener. » Royero est ton neveu, Maritza. Te souviens-tu de lui ? C'est un grand jeune homme au regard doux. Nous l'avons cherché dans les rues de son quartier – il était occupé à laver des motos, un job d'étudiant. Il ne s'est pas formalisé de notre irruption, a souri, posé son éponge, enfoncé une casquette rose sur sa tête. *Vamos*. Le patron est sympa, il comprendra. « De toute façon, je voulais aller voir ma grand-mère ces jours-ci », a-t-il dit avec un nouveau sourire, comme pour me rassurer, alors que notre bus arrivait à Aguas Blancas.

Consorcia habite une maison basse à l'entrée du hameau, en contrebas de la route où passent bruyamment de lourds camions qui font trembler les murs trop frêles. Elle vit seule avec sa petite chienne Princesa, ses souvenirs, ses remords et ses rancœurs. Elle a claudiqué jusqu'à la porte, ses jambes lui font mal, et c'était ton portrait, Maritza, si tu avais vécu vingt ans de plus. Ta mère et ta fille m'ont fait connaître ton visage: celui que tu avais eu, celui que tu aurais pu avoir.

Tes traits passés et futurs. Trois générations de femmes comme un voyage dans le temps.

Consorcia se tenait sur le seuil, noire dans le couloir obscur, grande et droite malgré les années, les yeux très enfoncés dans les orbites, des iris sombres avec un cercle bleu autour comme ont parfois les très vieilles personnes. Des rideaux de dentelle jaunie flottaient derrière elle.

Elle s'est assise les pieds bien à plat sur le sol de ciment, dans un vieux rocking-chair fuchsia, un de ces fauteuils à tiges de plastique qu'on appelle Acapulco et dont le nom musical, sinatresque, m'a paru incongru, déplacé dans ce décor.

Il y avait dans la pièce cette ambiance de chaleur et de pauvreté, ce dénuement si commun à d'autres maisons, d'autres familles, dans d'autres coins reculés de Colombie. Elle portait une jupe noire et une blouse d'un bleu passé, boutonnée jusqu'en haut, et ainsi habillée, elle m'a rappelé ma grand-mère. Elle a parlé longtemps, parfois elle secouait les mains comme pour chasser ses souvenirs. Sa voix était râpeuse, éraillée, une voix désaccordée. Elle a pleuré presque tout de suite, « la vie de Maritza a été très triste avec moi », elle a secoué la tête, commencé une phrase, s'est interrompue et a dit tout bas, comme pour elle-même, « non, je ne veux pas que cela soit publié ». Assis à côté d'elle, Royero écoutait en silence, le regard baissé, parfois un coup d'œil à sa grand-mère. Je me suis demandé s'il avait déjà entendu cette histoire familiale.

Consorcia a essuyé ses yeux mangés de rides. Ses mains tremblaient un peu. Elle a repris son récit, parlé de ton père qui était parti, les trois enfants *répartis* à droite et à gauche, chez qui en voulait bien, chez qui pouvait les nourrir pendant qu'elle-même prenait la route de Maicao puis de Maracaibo, au Venezuela, n'importe quelle ville où des familles, dans de grandes maisons coloniales avec des meubles espagnols et des bruits feutrés, avaient besoin d'une bonne à tout faire.

Chacun sa vérité, sa légende personnelle. Ta mère, Maritza, m'a raconté comment, à la mort de sa propre mère, elle était venue te chercher. Comment Agripina, ta grand-tante, l'en avait dissuadée. Comment elle envoyait chaque mois argent, cadeaux, bonbons – des cadeaux qui ne t'étaient pas forcément transmis. « Je gagnais 150 000 pesos [40 euros[1]] par mois comme femme de ménage à l'hôpital. Je le jure devant Dieu, je prenais mon chèque, et je le donnais à ma tante Agripina, pour Maritza. Mes garçons pouvaient bien vivre à la dure – pas ma fille. »

Devenue adulte, Maritza, tu aurais reproché à ta mère de t'avoir abandonnée, de ne jamais t'avoir envoyé un centime, m'a-t-on dit. Que s'est-il passé ? Qui ment ? Qui a menti ? Cette histoire est comme un labyrinthe de miroirs déformants où la vérité s'étire, se tord, se diffracte.

---

1. Selon le taux de conversion au 1er janvier 2020. Valable pour toutes les conversions.

Le fait certain est que, adolescente et lycéenne, tu revins habiter chez ta mère, rentrée du Venezuela. Puis à dix-huit ans, tu quittas la maison, la ville, et cette mère qui, de ton point de vue, n'aurait su ni te protéger ni te chérir.

Tu allas vers la mer, les Caraïbes. Il y eut un homme, un amour, un fils, le premier, Guillermo. Comme l'histoire se répète toujours, tu te retrouvas seule avec ton fils. Tu partis alors dans les montagnes, à San Pedro de la Sierra, dans cette région de brume et de magie où tant de choses se passèrent ensuite. Puis, comme le destin fait parfois bien les choses, Maritza, tu fus un jour invitée chez des amis originaires de la côte. C'était une famille paysanne où le père avait réussi le tour de force d'engendrer vingt-deux enfants de mères différentes – dont deux cousines germaines. Malgré cette particularité, qui faisait sans doute le charme des réunions de famille, lesdits enfants étaient sympathiques et de ton âge. Tu y rencontras Álvaro, celui qui, après des avances, des doutes, des disputes et pour finir une grossesse imprévue, allait devenir ton compagnon, le père de tes enfants, et dont la mort, des années plus tard, t'exilerait à Santa Marta.

4

Je suis moi aussi allée à Santa Marta. Rencontrer tes amies, Maritza, voir les lieux où tu vivais. Sentir l'atmosphère de cette ville, sa touffeur, les quartiers miséreux des déplacés et la poigne ferme des grandes familles, les Vives Díaz, les Lafaurie et les autres, qui règnent depuis que la ville fut fondée, en 1525, première cité espagnole du continent – on en tire une certaine fierté ici, comme si avoir été colonisé et acculturé avant les autres était un privilège.

Santa Marta, ville balnéaire, touristique, est une vitrine que le ministère du Tourisme voudrait présenter au monde : d'apparence paisible, avec des palmiers, de la salsa, des filles dénudées et quelques artefacts indigènes. La carte postale.

Et pourtant. Santa Marta a longtemps été une ville paramilitaire. La cité est stratégique : ouverte sur la mer, au pied de la montagne, et longée par la Troncal del Caribe, cette route qui traverse le pays d'ouest en est, du Panamá au Venezuela, le long de la côte. Encore aujourd'hui, la ville reste gangrenée par la corruption, les trafics, les zones d'influence de tel ou tel groupe, telle ou telle famille dont le nom est plus ou moins respectable, toujours craint. Tous complices, tous alimentant la machine.

Un détail – anodin en apparence – en dit long. Dans les rues pleines de motos et de motos-taxis, pas un seul passager homme. Seules les femmes grimpent à l'arrière des deux-roues : depuis 2013, et par décret officiel, cette place est interdite aux hommes, pour tenter de limiter l'action des *sicarios*, les tueurs à gages, qui ont la coutume de tirer sur des cibles immobiles depuis des motos en mouvement. J'ignore si la profession s'est féminisée depuis.

Au bout de la baie, la mer captive, une marina flambant neuve a remplacé les troquets où, il y a dix ans, on se gavait de crevettes à 5000 pesos la portion. Maintenant il y a des bars branchés où sont assis quelques gringos ; le genre où les businessmen locaux doivent sortir leur fiancée le vendredi soir, et leurs relations d'affaires le jeudi.

À l'entrée de la marina, un groupe de jeunes femmes, toutes en robe de cérémonie blanche. Les peaux sont dorées, les cheveux longs et brillants, les poitrines opulentes et dénudées, rehaussées d'une goutte de silicone. La carte postale, encore. Alléchante aussi la présence voisine du célèbre parc Tayrona, joyau écotouristique de la côte avec près d'un demi-million d'entrées en 2018, mine d'or vert, objet de tant de convoitises et de violence.

Il est égal qu'on assassine des activistes à quelques kilomètres. Que les indigènes de la

Sierra Nevada – barre de montagnes qui bloque l'horizon au sud – soient pris entre les différents groupes armés comme entre le marteau et l'enclume. Qu'à quelques kilomètres d'ici, des zones soient considérées trop dangereuses pour y mettre les pieds. Que la quasi-totalité des activités touristiques soient ponctionnées par des bandes criminelles – les néo-paramilitaires du coin –, qui s'en servent, au passage, comme lavomatic pour l'argent de la drogue.

Un soir, sur le *malecón*, on m'a présenté le chef de la police locale, le colonel Berdugo. « Ici, le bon citoyen vit tranquille et en sécurité », affirma-t-il, l'œil péremptoire sous sa casquette réglementaire – et d'imputer la hausse des homicides à l'immigration vénézuélienne et aux luttes intestines des groupes criminels. Quant à ta mort, Maritza, « le Parquet est sur le point de résoudre l'affaire », assura-t-il. Un an plus tard, « l'affaire » n'était toujours pas résolue.

Le soir descend sur la baie. Un voile rose tombe sur le paysage. Sur la plage, des chiens affalés, de cette race caraïbe, le poil un peu ras, noir ou sable, la tête un peu basse et la bagarre facile. Un vendeur de glaces pousse une carriole d'un pas lourd. De son mégaphone sort une voix enregistrée, éraillée, roucoulante – une voix de sorcière de conte pour enfants. *Viens mon amour, cours, viens manger une glace.* Au loin, vers le sud, les sommets de la Sierra Nevada – là où tout a commencé – ont déjà disparu dans la brume.

5

Ta ferme s'appelait El Encanto, « L'Enchantement » en espagnol. Elle était très haut dans la Sierra Nevada, là où les montagnes touchent les nuages, où on croit aux sorciers et où on peut encore trouver, dit-on, des trésors indiens enfouis. Là, aussi, où les hommes s'étaient entretués des années plus tôt pendant la *guerre de la marijuana*, qui éclaboussa jusqu'aux plages caribéennes, là-bas, contre l'horizon.

Pour y arriver, Maritza, c'était terrible. Des montées interminables, des sentiers envahis par la végétation qu'il fallait chaque fois rouvrir à coups de machette, un chemin épuisant, côte, plateau, côte, plateau, et ainsi de suite jusqu'à la *finca*, la ferme, entourée de parois rocheuses, à l'écart de tout.

On y cultivait surtout du cacao et du café, mais il y avait aussi des manguiers, dont les fruits gonflés et mûrs s'écrasaient au sol en décembre, des papayers qui ondulaient dans la brise, des bananiers, des sapotiers, des cocotiers et des cultures de maïs, de *malanga*, de haricots rouges, et des plants de tomates. Il y avait des parcelles de coriandre et de piments, du manioc, des ignames, des potirons, des mandariniers, et même du riz. En décembre et en juin, la montagne devenait rouge des grains de café mûrs, et un peu partout, les énormes cabosses des cacaoyers qui eux produisent toute l'année. L'endroit, en dépit de son inaccessibilité ou peut-être au contraire à cause de ça, était spectaculaire, à couper le souffle. Pour cette raison, vous le baptisâtes El Encanto, mais le nom ne fut jamais enregistré auprès des autorités.

Ton compagnon Álvaro et toi vous y étiez installés au début des années 2000, avec le soulagement et la satisfaction d'être enfin *propriétaires*. Avant, il y avait eu d'autres fermes, le métayage, la frustration de cultiver la terre d'autrui, de la rendre productive puis de s'en faire chasser.

El Encanto, malgré son nom, n'était pas un endroit facile. Álvaro et son frère Luis, l'oncle célibataire qu'on surnommait Wicho, y avaient bâti une maison sommaire. Un épais plastique noir en guise de toit, des murs en bois trop jeune, une chambre pour les parents, une pour les enfants, une pour l'oncle et un dortoir rudimentaire pour les saisonniers de la récolte du café. La maison était simple mais elle était à vous, érigée de vos mains avec l'aide d'un voisin et ami prénommé Nelson, que tout le monde connaissait sous le sobriquet de Barranquilla, parce qu'il venait de cette grosse ville industrielle de la côte caraïbe.

Vous y viviez avec vos enfants : Ariadna, Andrés, Nereida, Camilo et Paola – certains de ces prénoms sont faux, à la demande de tes filles et fils,

Maritza. Cinq gamins de la montagne. Camilo, le petit dernier, y était même né, arrivé par surprise au milieu de la nuit. Pas le temps de descendre à l'hôpital, tu avais accouché comme tu avais pu, presque sans bruit. Au réveil, la famille avait découvert ce nourrisson dans tes bras.

Guillermo, ton aîné, le premier fils, le demi-frère qu'on n'appelait jamais ainsi parce que ce mot, « demi », est mesquin aux oreilles et au cœur, était là aussi. La vie était dure mais belle. Quelques années de rude labeur puis tout serait plus facile. Ici la terre est bonne, disait Álvaro, encore quelques années et vous récolteriez le fruit de ce travail. Il ne vécut pas pour le voir.

La montagne était un peu magique. Les sorcières passaient presque chaque soir au-dessus de la maison, vers six heures, leur heure habituelle, avec leur bruit habituel, comme un crépitement, *tutututututu*, a imité ta fille Paola d'un air sérieux. Les sorcières existaient et chacun s'en accommodait. D'ailleurs tout le monde savait bien, dans la famille et dans le voisinage, que la femme du vieux Beltrán en était une, de sorcière, et qu'elle prenait parfois la forme d'animaux de la forêt. Le surnaturel faisait partie du quotidien. Comme cette nuit où un Indien apparut à Camilo, dans l'obscurité, au milieu de la chambre, forme fantomatique qui se mit à danser dans la maison. Le lendemain, Camilo raconta à son père : « Ça veut dire qu'il y a une *guaca* sous la maison, un trésor indien. » Et Álvaro sourit au petit garçon.

En dépit de l'isolement de la maison, la violence n'était jamais loin. El Encanto, comme les fermes précédentes où tu avais vécu avec Álvaro, était régulièrement visitée par des hommes en armes. En cette époque d'extrême violence, la guérilla, l'armée régulière et les groupes paramilitaires se succédaient, se traquaient, s'affrontaient dans la région. Les civils étaient tenus de s'adapter à ces combattants qui déboulaient par vagues. Quand la guérilla était là, interdit d'écouter la radio « qui ne fait que propager les mensonges du gouvernement ». Interdit aussi de laisser un chien aboyer, les guérilleros avaient horreur de ça, « débrouillez-vous pour le faire taire ou on s'en charge ».

Ta fille Ariadna s'est remémorée les tracts largués par hélicoptère, qui proclamaient en grosses lettres : « Guérillero, démobilise-toi ! » Ces billets devaient être bien visibles si l'armée venait, accrochés aux linteaux des portes et aux montants des fenêtres. Pour bien montrer qu'ici on était contre les « terroristes » des divers mouvements de guérilla, comme les appelait le gouvernement. Et, quand ces derniers approchaient, il fallait, vite vite, faire disparaître ces feuillets – qui devraient être ressortis au prochain passage des militaires. Jeu de dupes dont les paysans finissaient souvent par faire les frais, pris à partie par l'un ou l'autre groupe, coupables de toute façon, au gré des armes.

Dans la région, ils étaient nombreux à collaborer avec les uns ou les autres. On pouvait être informateur ou simple sympathisant. Et si on n'était rien du tout, comme c'était le cas chez vous, Maritza, la porte et la table devaient néanmoins rester ouvertes à tous.

« Que puis-je faire ? disait parfois Álvaro aux guérilleros en visite. Je vis ici avec ma femme et mes enfants, si vous arrivez et me dites : "Donne-moi ceci et cela", je dois vous le donner, car si je refuse, je peux être tué. Mais si demain l'armée arrive et me dit : "Fais ceci et fais cela", que puis-je faire ? » En face, les combattants hochaient la tête, bien sûr, ils comprenaient, en théorie du moins. L'important était de rester neutre, surtout ne pas moucharder, gaffe aux putains de *sapos*. *Sapo*, littéralement « crapaud », le traître, celui qui donne, qui rencarde ceux d'en face, la balance.

Aussi, personne ne dit rien le jour où Soto arriva. Les guérilleros se présentèrent un matin à El Encanto, et il y avait parmi eux un jeune homme qui ne portait pas d'arme. C'était Soto, le *secuestrado*, un soldat kidnappé. Il s'était fait prendre non loin d'ici, au milieu des bananeraies, bêtement, endormi pendant son tour de garde, c'est idiot, réveillé par un coup de pied, au début il avait cru à une blague d'un camarade, arrête de déconner, puis il s'était réveillé tout à fait et avait vu les hommes autour de lui avec des uniformes légèrement différents, plus abîmés, et il avait compris. Prise de guerre, otage, *secuestrado*, il n'avait pas vingt ans, il avait dû les suivre dans la montagne. Tes enfants, Maritza, se souviennent bien de ce grand jeune homme, brun de peau et de cheveux, qui restait assis sans rien dire, les yeux dans le vague.

La guérilla avait établi un campement non loin de ta ferme, et dans la journée les hommes et leur *butin de guerre* – le soldat Soto – descendaient à El Encanto pour se laver, manger, parfois simplement passer le temps. La *finca* présentait deux avantages pour les insurgés : elle était loin de tout, et on y trouvait tout ce qu'il fallait pour se nourrir, l'endroit était pratiquement autosuffisant, seule l'huile devait être achetée en ville. Un *secuestrado* ne passe pas inaperçu. Les adultes avaient vite compris, ce n'était pas le premier qu'on voyait. Les enfants l'apprirent par hasard, en entendant une conversation qui ne leur était pas destinée.

Soto était bien traité. Il faisait la cuisine, le coiffeur, il n'était pas attaché mais restait sous la bonne garde d'un guérillero clair de peau, aux cheveux presque roux et au visage parsemé de taches de son. Álvaro discutait de son cas avec les combattants, plaidait pour qu'on le relâche, c'est un gamin, faut le laisser partir. Oui, oui, sans doute, répondaient les insurgés, et un jour l'ordre arriva : Soto pouvait être relâché.

On troqua son uniforme contre un jogging bleu et noir, ses bottes contre des chaussures basses. Un groupe de trois hommes partirent avec le jeune soldat en début d'après-midi, sous une pluie battante, après avoir emprunté une pelle bien aiguisée qui servait pour couper le manioc et mettre en terre les plantains. D'autres restèrent à la maison, parmi eux Erica – son nom ressurgira plus tard –, cette guérillera dont les longs cheveux noirs fascinaient ta fille Paola, parce qu'ils lui semblaient dignes d'une princesse. À cette époque, la chevelure et l'uniforme étaient à ses yeux une parure de super-héros.

Cet après-midi-là, donc, Paola peignait avec application la crinière quand elle entendit un coup de feu. *Ils ont tué le soldat Soto*, pensa-t-elle du haut de ses huit ou neuf ans. Et elle laissa tomber le peigne et s'en alla. Depuis ce jour, l'image des super-héros s'atténua et elle comprit que les armes pouvaient tuer.

Les guérilleros présents n'admirent jamais l'assassinat de Soto, même quand le groupe des trois combattants revinrent à la ferme pleins de sang et rendirent la pelle tout abîmée, se rappellent Paola et Guillermo. Les insurgés partirent le lendemain. Quelque temps plus tard, la famille découvrit le visage de Soto dans le journal qu'on montait parfois depuis un village situé au pied de la Sierra. Ce jeune homme a déserté, affirmait l'article en substance. *Pauvre couillon*, pensa-t-on à El Encanto, se faire traiter de déserteur alors qu'il est six pieds sous terre.

L'histoire prit un tour supplémentaire quand, quelques semaines après la mort de Soto, son gardien s'enfuit des rangs des FARC pour dénoncer aux militaires ses anciens petits camarades. Il les mena au cadavre de celui qui, finalement, n'avait pas déserté. Ce jour-là, le groupe de militaires et leur nouvel indic s'arrêtèrent chez Barranquilla, occupé à sécher du cacao. Ils cherchaient une mule pour transporter *quelque chose* jusqu'en bas de la Sierra. « Et là, regarde comment est le destin, me dit Guillermo. Arrivent alors chez Barranquilla deux membres des FARC, vêtus en civil, qui venaient taxer des cigarettes. Ils voient les soldats, mais pas leur ancien camarade passé à l'ennemi. » Le traître, lui, les avait reconnus, et les dénonça aux militaires, on est indic ou on ne l'est pas. « Ce sont eux qui m'ont aidé à tuer Soto. » Les deux guérilleros en mal de tabac furent capturés, emmenés, et *disparurent* en chemin.

Barranquilla, d'une générosité d'autant plus grande qu'elle était contrainte, prêta sa mule pour transporter ce qui restait de Soto. L'animal lui fut rendu, mais il ne servait plus à rien, se plaignait-il, une mule qui porte un cadavre se dessèche, se dessèche et finit par mourir, le froid du mort lui est rentré dans le corps et rien ne peut l'en faire partir. Guillermo, qui m'a raconté l'histoire, ne savait pas si la mule avait fini par mourir de froid.

Les serpents vinrent quelque temps après. Ils envahissaient la maison par centaines, leurs écailles satinées glissaient sur le sol, s'enroulaient autour des pieds du lit, se faufilaient entre les draps rêches. Paola s'enfuyait, courait à la fenêtre mais les reptiles étaient là aussi, bloquant toute issue, et il n'y avait plus que ces myriades d'écailles et ces langues dardées et Paola s'éveillait en sursaut, le cœur en panique comme une aile d'oiseau, haletant de peur dans la chambre sombre et silencieuse où il n'y avait pas de serpents. « Des rêves de mort », m'a-t-elle dit. Les reptiles peuplaient aussi les songes de ses frères et sœurs. Et une nuit, un boa énorme, monstrueux, noir ténèbres, visita Álvaro. Il s'approchait de Barranquilla, l'enlaçait, l'enserrait, l'emprisonnait, le dévorait. Álvaro y vit lui aussi un présage de mort et prévint Barranquilla. Il ne savait pas que le serpent venait pour lui.

6

J'ai cherché à retrouver ta ferme, Maritza. Mais il y a quinze ans que nul n'y vit plus et personne dans la montagne ne réagissait à la mention d'El Encanto. Ton fils Guillermo m'a donné les coordonnées GPS de l'endroit et j'ai demandé de l'aide à un anthropologue qu'on appelle ici « el Profe ». Il vit dans une cabane sur pilotis, perchée tout au bout d'une crête, haut dans la Sierra, là où on peut toucher les nuages. Un après-midi, je me suis endormie dans le hamac bleu. Quand je me suis réveillée, les nuages avaient envahi la maison. La brume blanche était partout, comme un rêve.

La maison du Profe est pleine de livres et occasionnellement d'enfants koguis qui viennent jouer sous la maison sur pilotis. Ce sont les véritables habitants de la Sierra, les descendants du peuple Tayrona – qui réussirent à survivre à l'invasion et à la colonisation espagnole. Ils parlent entre eux dans une langue heurtée, comme hachée, dont la sonorité me rappelle un peu le wayuunaiki de la Guajira voisine. La cuisinière prend l'air, faussement offusquée de ne pas les comprendre. Dans la cabane, il y a aussi Luis l'Éclair, factotum d'une vingtaine d'années. On l'appelle ainsi depuis qu'il a été frappé par la foudre. La jument rousse qu'il montait fut tuée sur le coup, son chien est devenu fou, Luis est toujours vivant. Il ne se rappelle pas l'événement mais, depuis, il a peur de l'orage.

Le soir tombe. D'ici, à la pointe de la crête, on dirait que le ciel a pris feu. Des filaments de nuages rosés, comme de la barbe à papa, courent entre les palmes et les caféiers. Tout au loin, à l'ouest, on devine – on imagine, tant l'image est ténue – la mer, très bas. Au commencement était la mer, dit la cosmologie kogui. Ta maison à toi, Maritza, El Encanto, doit se trouver sur ma gauche, derrière cette montagne-ci et encore la suivante, c'est déjà noyé dans l'obscurité par là. Dans mon dos, le Profe et Luis l'Éclair sont penchés sur un écran, ils scrutent des images satellite où on voit du vert, du vert et encore du vert, et là, au milieu, un rectangle pixellisé qui pourrait être El Encanto si les coordonnées données par Guillermo sont exactes. Je voudrais voir l'endroit où tu as vécu heureuse jusqu'à ce jour de juin où tu n'as pas pu rentrer chez toi.

Luis l'Éclair, qui connaît la montagne comme sa poche, essaie d'évaluer la faisabilité de la chose et observe la carte d'un œil expert. Il désigne l'écran, il explique, tout ce vert, là, ce sont des manguiers. Il tord la bouche, soupire. « C'est vraiment très loin, *mujer*. » Il a répété cette phrase toute la journée d'un air soucieux. Quand je me suis levée, à l'aube, il était au balcon sur pilotis, à regarder les crêtes au loin. « C'est vraiment très loin, *mujer*. » Luis l'Éclair est embêté. Il n'ose pas dire non mais il ne veut pas dire oui, il a passé la journée à appeler cousins et amis pour identifier une voie d'accès à El Encanto, en vain. La jungle a avalé le chemin et peut-être aussi la ferme.

Nous sommes descendus beaucoup plus bas sur la piste, poser des questions dans une épicerie du bord de route, un point de passage obligé quand on s'élève dans la montagne, s'il y a quelque chose à savoir, ils le sauront là-bas. La moto de Luis l'Éclair tressautait sur la terre ocre. Après un virage, nous avons croisé un jeune taureau couleur safran, guidé par deux hommes qui le forçaient avec des cordes et des pierres. J'ai senti Luis l'Éclair ralentir et se crisper sous l'œil noir de l'animal, puis se détendre quand la bête a passé son chemin avec un soufflement furieux. Plus loin, nous avons longé un christ amputé, manchot, les deux bras en plâtre tranchés, l'air encore plus douloureux que d'habitude, accroché à sa croix de métal, et la brume de la montagne autour. L'endroit est un peu en retrait de la route, désert et bizarrement silencieux, comme si les bruits de la forêt avaient été aspirés. Personne ici ne dira qui a mutilé la statue. On est en bordure de la propriété d'un narcotrafiquant, un paramilitaire, il serait en prison, mais « des gens » prennent soin de l'endroit pour lui. Sur la même route, un peu plus haut, un grand panneau annonçant un « plan de réhabilitation » a été criblé de balles, l'inscription est à peine lisible. Comme ça, ceux qui passent n'oublient pas qui commande ici.

L'épicière ne savait rien sur El Encanto. Nous l'avons aussi questionnée sur Barranquilla, le vieux voisin et ami qui, dit-on, vivrait toujours dans les parages. Mais lui aussi est impossible à localiser. On a aperçu ici ou là un vieux monsieur à la peau brune qui vit tout seul, a dit l'épicière, ce doit être lui, mais où vit-il exactement ? « Loin, dans la forêt, à plusieurs heures de marche », impossible d'obtenir plus de précisions. Luis l'Éclair m'a jeté un regard en coin. C'est vraiment très loin, *mujer*.

Il m'a fallu venir jusqu'ici, très haut, très loin, pour saisir ce que tes enfants, Maritza, voulaient dire par « isolé ». « Le voisin le plus proche était à plusieurs heures de marche », m'avait dit ta fille Paola, et je pensais qu'elle exagérait. Maintenant je comprends. El Profe m'a désigné des lumières, un village, en face, tout proche, un kilomètre à vol d'oiseau – il faut quatre heures pour y arriver à pied. Tout prend une autre dimension vu d'ici, l'isolement et la distance, les combats passés, la présence de groupes armés illégaux, guérilla et paramilitaires, facile de disparaître dans cette végétation. D'ailleurs, les paramilitaires reviennent, dit la rumeur. Depuis quelques mois, quelques années, ils reprennent pied dans les villages alentour, rackettent les paysans, établissent un contrôle de la zone. Le Profe ne sait pas combien de temps il pourra rester ici.

Lui-même est un drôle de personnage. Avant de le rencontrer, j'ai entendu beaucoup de choses sur lui. Deux personnes m'ont dit qu'il aurait été, en son temps, proche des paramilitaires – « aumônier dans leurs rangs », m'a-t-on même précisé. Qu'il les aurait quittés, un revirement total, qu'il serait désormais menacé de mort. Que croire d'une rumeur ? Elle ne cadre pas avec l'homme que j'ai rencontré. J'ai abordé la question, doucement, précautionneusement, un soir, à la cabane, autour d'un chocolat chaud dans lequel nous trempions des biscuits. Le Profe a éludé. Je n'ai pas insisté. Dans l'obscurité grandissante, les palabres et les rires des enfants koguis montaient – Pedro, José et le petit Gabriel aux traits presque féminins. Ils étaient tous arrivés dans l'après-midi pour recharger leurs téléphones portables, emprunter la bicyclette et boire le cacao préparé par le Profe. J'ignore quel fut son passé, mais son présent – ce que j'en ai vu – est celui d'un homme bon. Là-haut, depuis cette maison d'où on a la sensation de dominer le monde, j'ai pensé que, peut-être, les gens pouvaient changer.

Le lendemain, le soleil commençait à peine à baigner les vallées quand je suis allée sur la terrasse. Luis l'Éclair était là. Sans un mot, il m'a tendu une tasse du café d'ici, trop clair, sucré à la *panela*, et il s'est mis à parler de ses montagnes et de la violence. Ses souvenirs d'enfance. Les morts répandus dans les rues au matin, les fuites dans la végétation pour échapper aux hommes en armes, l'odeur du sang, la trouille. Il y a aussi ce qu'il n'a pas raconté mais qui s'est produit – ces deux prostituées forcées de creuser leurs propres tombes avant d'être abattues, ceux qui furent découpés à la machette, à la tronçonneuse. Et le danger qui revient. Rien n'est vraiment arrangé, et il est probable que dans dix ans rien ne le sera.

Si la guérilla n'avait pas tué ton mari ce jour-là, Maritza, quelqu'un d'autre l'aurait fait, un autre groupe, un autre jour.

Le Profe nous a rejoints au deuxième café. Il a désigné l'horizon, le village en contrebas. « Les gens d'ici sont prêts à manquer de tout, à avoir faim, à ne pas pouvoir envoyer leurs enfants à l'université, à se lever à l'aube chaque matin et à travailler comme des esclaves. Ils ne demandent que la tranquillité. Qu'on les laisse en paix. Qu'aucun groupe armé ne vienne. » Le Profe avait le regard triste.

Le café est mûr. C'est l'époque de la récolte. Les grains rouge sang alourdissent les caféiers sur les pentes presque verticales. Des mules chargées de gros sacs de jute arpentent les chemins, guidées par des hommes portant la *peinilla* au côté, cette petite machette gardée dans un fourreau de cuir décoré de franges. Les corps sont secs, les visages marqués. On croise parfois des familles indigènes, Koguis ou Arhuacos, tout de blanc vêtus, les pères tiennent des *poporos* – des calebasses remplies de coca et de coquillages écrasés. La végétation est exubérante, folle. Quelque chose de magique. C'est le pays des trésors indiens, des villes perdues et des jaguars. L'un d'eux rôde dans le coin. Il y a quelques jours, il s'est jeté sur deux occupants d'une moto, comme ça, bondissant sur la piste, puis il a pris la fuite. C'est étrange, commentent les gens, d'habitude les jaguars n'attaquent pas ainsi. À être ici, je comprends mieux pourquoi tu as toujours regretté la montagne, Maritza. Et pourquoi tes enfants en parlent comme d'un paradis perdu.

7

D'Álvaro, ton compagnon, je n'ai vu qu'une photographie. Une vieille image, argentique, elle-même photographiée et conservée dans la mémoire d'un téléphone portable. L'image est verte, vert pomme, comme si elle avait été prise avec un filtre ou révélée incorrectement. On y voit un bel homme assis à une table de bois, la main droite enserrant négligemment une bouteille – de bière, peut-être. On le devine dans un de ces troquets très simples, si fréquents en Colombie. Je croirais presque entendre les notes d'accordéon du *vallenato* qui devait emplir l'endroit.

Álvaro est adossé à sa chaise, un peu de biais, le bras gauche accoudé au dossier, la chemise sombre entrouverte sur la poitrine, la photo est cadrée à la taille. Il regarde au loin, quelque chose ou quelqu'un qui n'est pas dans le cadre, derrière le photographe. Il porte un chapeau de cow-boy pour masquer une calvitie naissante, un complexe, il n'allait nulle part sans couvre-chef. Il est jeune, peut-être trente ans. Je le trouve très beau et crois deviner dans son visage des traits de ta fille Paola. Dans les yeux un peu effilés, un peu indiens.

Álvaro est mort avant d'avoir quarante-six ans, et c'est là qu'a vraiment commencé cette histoire, la fuite face au danger, ce *déplacement* si commun en Colombie et qui, des années plus tard, te conduira, Maritza, à participer à un « projet productif pour victimes du conflit armé » dans la *finca* El Diviso, où tu seras assassinée le 5 janvier 2019. Ce qui commence par une mort dans une ferme de la Sierra Nevada finit par une autre mort dans une autre ferme de la Sierra Nevada. Les peuples précolombiens concevaient le temps de manière cyclique, ils avaient raison.

Le récit de la mort d'Álvaro repose principalement sur les souvenirs de Paola et d'Ariadna, les plus âgées de tes enfants présents ce jour-là. Nereida et Camilo étaient trop jeunes pour se le rappeler correctement, Guillermo et Andrés étaient absents.

D'abord, il y avait eu l'odeur. D'humidité et d'uniformes mouillés, de terre et de poudre, le relent des groupes armés, familier aux gens de la campagne qui ont vu passer les acteurs de cette guerre – et que ceux qui vivent loin du conflit ont du mal à imaginer. Ariadna et Paola l'avaient perçu la veille dans un champ de maïs. *Ils sont dans le coin, allons-nous-en.* Et les deux petites filles brunes et bouclées avaient regagné la maison.

Tous, ils avaient senti l'odeur. Ils savaient que *quelque chose* allait arriver, que *quelqu'un* allait venir – un groupe armé, mais lequel ? La guerre battait son plein entre paramilitaires, guérillas et une armée régulière rendue toute-puissante par la politique du président Uribe. Les hélicoptères de l'armée bombardaient parfois ces villages posés sur des crêtes de montagnes où les FARC allaient et venaient librement, ayant remplacé de facto un État qui n'avait jamais été très présent. Tes enfants, Maritza, ont encore au fond des yeux ces bombes qu'ils voyaient exploser au loin, pas si loin que ça, et le grand drap blanc, comme un drapeau, accroché à un mât devant la ferme pour bien signifier qu'ici ce n'était pas un campement guérillero malgré le plastique noir et épais, si semblable à celui utilisé par les FARC, qui tenait lieu de toit. À cette époque, la bâche noire jouxtait quelques plaques de zinc, luxe récent et qui, en définitive, fut fatal.

C'était le mois de juin et on préparait l'anniversaire d'Álvaro, qui allait célébrer ses quarante-six ans le 15. Un coq rouge, énorme, gigantesque, le plus gros de tous, avec une crête hérissée, avait été mis de côté pour la fête, choisi entre les gallinacés que tu élevais, Maritza, à l'arrière de la maison, avec un soin jaloux.

Personne ne se rappelle le jour avec certitude. Paola pense que c'était le 4 juin, Guillermo le 8, Ariadna sait que « ça » s'est produit dans ces jours-là, sans plus de détails. Tous, en revanche, se souviennent des préparatifs de l'anniversaire et du coq rouge.

Le destin est parfois étrange. Tu aurais dû être là, Maritza – et il est probable que tu aurais alors été tuée également. « Les groupes armés ne laissaient pas d'adultes vivants, en général, par peur qu'ils cherchent à se venger », m'a expliqué Ariadna. Mais tu n'étais pas là, partie sur la côte en compagnie de ton fils Andrés. Là encore, chacun a un souvenir différent. Dans chaque famille, autant de versions que de personnes. Andrés devait aller chez le dentiste, m'ont raconté Camilo et Paola ; il devait passer un examen du collège, a assuré Ariadna. Andrés, lui, se rappelle être descendu avec sa mère pour vendre du café, c'était l'époque de la récolte.

Ils avaient bien failli ne pas pouvoir y aller. Quelques jours auparavant, la mule – porteuse du café et des courses – disparut et on ne la vit plus de deux jours. Un mauvais augure, dirent les voisins. Dans la Sierra, on croit aux présages et au mauvais œil. Mais toi, Maritza, tu ne croyais pas aux augures. La mule finit par réapparaître. Alors vous prîtes le chemin de la côte avec vos sacs de café à vendre – et c'est ainsi que tu échappas à la mort ce jour de juin 2004.

Il y avait du soleil et du vent, et Paola devait sans cesse rallumer le fourneau à bois qu'éteignait la brise. La petite fille sentait dans l'air une drôle de vibration, « maléfique », a-t-elle dit, comme la prémonition de quelque chose de terrible. Mais il y avait aussi cette atmosphère de paresse qui envahissait la maison, semblait prendre possession des êtres et même des choses, quand tu n'étais pas là, Maritza.

Ils arrivèrent et avec eux l'odeur plus forte et plus proche de terre et de mouillé, le parfum de ceux qui vivent trop longtemps dans la forêt. Ils portaient des uniformes vert sombre, de ceux que tous les groupes portaient à l'époque et qui rendaient quasi indéfinissable leur appartenance au premier abord. Ils étaient trois, ou quatre, ou cinq, les souvenirs divergent, peu nombreux en tout cas, et une femme parmi eux, cela, tous se le remémorent avec certitude.

La femme n'était pas inconnue. C'était Erica, la guérillera aux longs cheveux. « C'est à cause d'elle qu'on a su que c'était la guérilla », m'a raconté Ariadna de sa voix claire et tranquille.

L'un des hommes était beau, se rappelle-t-elle, clair de peau, grand et jeune, avec un air presque asiatique, les cheveux très lisses et les paupières comme bridées. Paola se souvient de la terreur que lui inspira immédiatement un autre des guérilleros, celui qui lui sembla refléter quelque chose de malfaisant, une noirceur d'âme qui aurait transparu dans le visage et les yeux. Elle croisa son regard deux fois puis s'arrangea pour ne plus avoir à le faire. Cet homme-là se posta devant l'entrée principale de la maison, le fusil appuyé sur le sol, et resta là, comme s'il surveillait les environs.

Ils étaient là, tes enfants et les hommes et femmes en armes qui posaient sans cesse les mêmes questions: où est votre papa ? Où est votre maman ? Où sont les adultes ? En face, tes fils et tes filles étaient perplexes, *pourquoi toutes ces interrogations* – alors, comme mus par l'instinct, habitués à la méfiance, ils répondaient dans le vague. Papa est aux champs, Maman est à la ville, on ne sait pas quand elle rentre. Aucun d'eux, oubli providentiel, ne mentionna

Guillermo qui nettoyait une parcelle de caféiers, plus haut dans les terres.

Si Paola eut dès le début la sensation que quelque chose de terrible allait se produire, les autres ne s'alarmèrent pas. En les voyant peu nombreux, ils se demandèrent même s'il ne s'agissait pas de déserteurs – comme cela s'était déjà produit dans le passé. Un jour, des années auparavant, quand la famille habitait une autre ferme dans la Sierra, un couple en fuite s'était présenté à la ferme. Une toute jeune femme et son amoureux, combattants des FARC. Ils n'étaient pas restés longtemps, avaient repris leur fuite. Puis, un peu plus tard, un groupe de guérilleros s'était présenté à la porte, ils cherchaient deux déserteurs et les enfants avaient bien failli provoquer un drame, naïvement, spontanément, sous le nez effaré de leur mère qui niait tout, mais enfin, maman, tu ne te souviens pas de ces deux jeunes ? Maritza avait eu des sueurs froides, fusillé les petits du regard et fait l'idiote, les enfants ont de l'imagination, vous savez ce que c'est. En face, les guérilleros avaient hésité, froncé les sourcils, puis accepté l'explication douteuse et tourné les talons. Mais ce jour de juin, ce n'étaient pas des déserteurs.

Au milieu des questions, des armes et du vent, les enfants préparèrent le repas, comme c'était l'usage en l'absence de leur mère. Ils se le rappellent avec précision et certitude, pourtant chaque souvenir diffère : pour Ariadna, c'était un bouillon de poule, pour Paola une soupe de manioc, banane et *malanga*. Les deux sœurs, des années plus tard et à des centaines de kilomètres de distance, sont certaines de leur souvenir, et je me demande pourquoi un tel détail reste si profondément ancré – et laquelle des deux mémoires est juste.

Un grand tas de riz encore dans son écorce trônait à côté de la table. Paola et Ariadna étaient trop petites pour le piler et il fallut attendre le retour d'Álvaro, qui ne s'alarma pas en voyant la guérilla chez lui car c'était chose courante, les combattants le saluèrent, *hola, Brother*. C'est ainsi qu'on connaissait Álvaro dans la montagne : « el Brother », selon cette particularité des Caraïbes colombiennes qui consiste à intégrer des mots d'anglais dans le langage courant. Le Brother, donc, se mit à piler le riz en discutant avec les insurgés. Tous les enfants présents, c'est-à-dire Ariadna, Paola, Nereida et Camilo, ont le souvenir d'une phrase prononcée par leur père : « Moi, je ne dois rien à personne et je ne cache rien à personne. Si un jour on doit me tuer, que puis-je y faire ? Qu'on me tue. Qu'on me tue ici, à la ferme, et que mes enfants m'enterrent ici. »

C'est à peu près à ce moment que la pluie arriva. C'était la mi-journée. Álvaro offrit à déjeuner aux combattants, qui déclinèrent. Personne ne mangea ce jour-là. Les fillettes firent de la limonade qu'elles servirent à la ronde. L'oncle Wicho était alors arrivé à la ferme et restait silencieux à la table, taciturne comme à son habitude. La pluie tambourinait sur le toit de la maison, bruit sourd sur le plastique noir, crépitement métallique sur les plaques de zinc neuves qu'Álvaro avait achetées en gagnant à la *bolita*, le loto, un jour qu'il était descendu sur la côte. Des rumeurs de voisinage, colportées en famille, entre amis, bref, impossibles à vérifier, prétendirent plus tard que ce zinc fut cause de la mort d'Álvaro. Des voisins – poussés par l'envie ? – auraient vu dans cet achat la preuve sonnante et trébuchante d'une « collaboration » rétribuée entre Álvaro et les paramilitaires. On mourait facilement à l'époque, pour un soupçon de ce genre. Le *sapo*, la balance, voilà l'ennemi. Mais rien ne fut jamais prouvé, Maritza, et tes enfants, qui me rapportèrent cette hypothèse, ne purent pas m'en dire plus.

Ce jour-là, tout semblait normal entre Álvaro et la guérilla. Une visite comme il s'en produisait régulièrement. Et puis tout changea. Ce fut imperceptible, comme un frémissement de l'air, et l'un des FARC prit la parole, d'un ton encore affable, « *Brother*, nous aimerions vous parler hors de la présence des enfants ». Álvaro et l'oncle Wicho avaient-ils alors pressenti quelque chose d'anormal ? Ils envoyèrent les enfants dans la dernière chambre, celle de l'oncle, tout au fond de la maison, et celui-ci s'énerva bruyamment quand les petits renâclèrent. Les trois sœurs et le petit frère restèrent là, entre les murs de planches de bois trop vert, s'asseyant sur l'un des deux lits, dans le hamac accroché au milieu de la pièce. Ils tendaient l'oreille car plus rien n'était normal.

L'oncle Wicho resta dans la cuisine, assis à la grande table de bois qu'avait fabriquée Álvaro, accoudé devant un café, dont il buvait tasse sur tasse à longueur de journée. Álvaro fut emmené à l'arrière. Là, entre la maison et une paroi rocheuse abrupte, il y avait une sorte de passage étroit où se trouvaient les toilettes, la douche et la citerne, un grand baril métallique qui débordait perpétuellement car l'eau descendait directement d'une source de montagne par un tuyau. C'est sur ce passage que donnait la chambre de l'oncle Wicho où étaient enfermés les enfants.

Derrière les planches disjointes, tous retenaient leur souffle. Ils entendirent des bruits de lutte, leur père suppliant, « ne me tuez pas », invoquant ses enfants. Puis une exclamation – « fils de pute ! » – et les coups de feu, le tintement des cartouches vides qui tombent. Dans la chambre, le monde venait de s'écrouler. Paola courut à la porte pour sortir et qu'on la tue aussi. Ariadna, la plus calme déjà à l'époque – peut-être la plus forte de tous –, l'arrêta et poussa le verrou. Le petit Camilo éclata en sanglots. On lui couvrit la bouche pour étouffer le bruit. Ariadna se rappelait combien les guérilleros détestent les enfants qui pleurent, comme cette fois où le nouveau-né de Guillermo s'était mis à brailler en présence d'un groupe de FARC. « Faites taire cette putain de gamine ou c'est nous qui le faisons », avait lâché l'un des hommes. Alors elles bâillonnèrent Camilo avec leurs mains et Nereida le prit dans ses bras, par terre, sous un des lits, en chien de fusil.

Et puis, de l'autre côté de la maison, l'oncle Wicho s'échappa. C'est du moins ce que déduisirent les enfants en entendant les cris – « il s'est enfui... ! Abattez-le ! » –, puis des rafales de mitraillette. Puis les aboiements de Ximena et Luna, les deux chiennes. Puis le silence.

Un peu plus haut dans la montagne, Guillermo venait de se figer au milieu des plants de café, les yeux rivés sur les silhouettes vert foncé qu'il apercevait en contrebas depuis le bord du chemin où il s'était avancé aux premiers coups de fusil, ceux qui avaient tué son beau-père. Il avait déjeuné en haut, dans le champ, au lieu de redescendre à la maison comme c'était son habitude. Occupé à nettoyer une parcelle de café, il ne s'alarma pas en entendant la première détonation. *C'est sûrement Wicho qui chasse un épervier qui mangeait les poules*, car l'oncle était chasseur avec sa vieille pétoire calibre seize. Puis, au son des autres détonations, *ce n'est pas normal, l'armée et la guérilla doivent être en train de se tirer dessus dans le coin*, c'était fréquent en ce temps-là, il lâcha sa machette et s'avança jusqu'au chemin.

Il ne vit que des silhouettes en armes, trois ou quatre, en uniforme, ça pouvait être l'armée, la guérilla, ou n'importe qui, puis le bruit, trois rafales, *ratatatatatata !* Les silhouettes couraient en tous sens puis disparurent à sa vue et il resta là, penché entre les caféiers, une vingtaine de minutes au moins, et personne ne sortait de la maison sur laquelle le silence était maintenant retombé. Après un temps qui lui sembla infini, il descendit la pente, le ventre en étau, noué par la peur de ce qu'il allait découvrir.

Il le vit tout de suite, à plat ventre dans le petit passage entre la maison et les rochers, et l'eau de la citerne courait sur son crâne déchiqueté et coulait rouge. Plus tard, quand Ariadna et Paola, nonobstant l'interdiction fraternelle, aperçurent le corps de leur père, elles en gardèrent le même souvenir, cette eau rouge, cette *eau de sang*. Et un porc s'abreuvait en aval du cadavre et des poules picoraient le crâne ouvert, le crâne troué d'où sortait une drôle de matière. « Après ça, je n'ai plus jamais pu manger de viande hachée », a précisé Ariadna en racontant la scène, avec une petite grimace de dégoût.

Enfermés dans la chambre, les enfants n'entendirent d'abord que les pas de leur frère, sa respiration heurtée, et restèrent en silence, car ils pensaient, comme dans un rêve ou plutôt un cauchemar, que tant qu'ils ne feraient pas de bruit ils disparaîtraient à la réalité et aux hommes en armes. Puis ils perçurent les cris affolés de Guillermo qui, n'entendant rien, pensait que personne n'avait été laissé en vie. « Les enfants ! Les enfants ! C'est moi, Guillermo, votre frère. » Alors ils répondirent, ouvrirent la porte, racontèrent entre les sanglots paniqués. « C'est Erica, c'est Erica », répétait Ariadna, comme scandalisée que le meurtre eût été commis par quelqu'un qu'on connaissait, qu'on croyait, sinon de confiance, au moins inoffensive.

Il fallut s'occuper du corps, le déplacer, le mettre à l'abri de la moiteur caribéenne qui fait tout pourrir un peu plus vite, les fruits comme les cadavres. Guillermo se souvient encore du poids infini que semblait peser le mort, grand et musclé, il faisait ses quatre-vingt-dix kilos, puis le jeune homme finit par l'attraper aux aisselles, le soulever et l'écarter de l'eau qui continuait à couler sur sa tête, claire en amont et toujours rouge en aval. « Où est la montre de mon papa ? », répétait Paola en fond sonore, comme si, au milieu du désastre et de la fin de son monde, la montre de papa représentait le seul élément tangible auquel se raccrocher. Guillermo inspecta les poignets, chercha dans les poches, finit par trouver la Casio à bracelet plastique, cette montre fabuleuse avec les aiguilles lumineuses qui brillaient la nuit.

Ensuite – avec l'aide de voisins ou seul, les souvenirs divergent –, il emporta le corps jusqu'à la cuisine et l'allongea sur la grande table de bois où les assassins avaient, un peu plus tôt, bu de la limonade. Il le couvrit avec un drap épais et rêche et grisâtre, un de ces draps de la campagne qui semblent faits de plusieurs épaisseurs. À ce moment-là, des voisins étaient arrivés. Parmi eux, il y avait Barranquilla et la marraine de Guillermo. « Tous les deux savaient qu'on allait tuer mon père », m'a raconté Ariadna. « Plus tard, la dame est devenue folle à cause du remords d'avoir su et de n'avoir rien dit, rien fait. Et elle en est morte. »

Et puis ce fut l'*après*. Ces heures interminables et surréalistes qui suivent les catastrophes, cette sensation de flottement et la déconcertante constatation que la vie continue. Le bouillon de poule et le riz pilé par papa étaient intacts dans la cuisine. Le commando avait volé des animaux, plusieurs poules et le grand coq rouge qu'on devait manger dans quelques jours. Ximena, la grande chienne, avait disparu. Les voisins commençaient à affluer et on attendait toujours le retour de l'oncle Wicho, qui avait sûrement trouvé refuge dans la nature. C'est pour cela, et aussi parce que le soir descendait sur les montagnes impraticables dans l'obscurité, qu'ils ne partirent pas tout de suite, même si la décision était déjà prise de quitter El Encanto.

Ils ne dormirent pas, cette nuit-là. Ils s'étendirent tous ensemble, les six enfants de Maritza, ils s'allongèrent côte à côte sur les grands lits dans leur condition nouvelle d'orphelins et écoutèrent défiler la nuit. Au matin, il fallait partir et l'oncle Wicho n'avait toujours pas réapparu. Ce fut la chienne, Ximena, qui le trouva, qui guida Ariadna jusqu'à un rocher en contrebas où il gisait comme un pantin désarticulé. On lui avait tiré dans les jambes, puis un peu partout.

Álvaro et Wicho morts, plus personne à attendre, s'en aller, vite. Les enfants emportèrent la besace de leur oncle, qui contenait de l'argent et des petits pains – ceux-là mêmes qu'il gardait jalousement et ne partageait avec ses neveux qu'en échange d'un service rendu. On prit aussi les économies qu'Álvaro conservait dans une vieille veste, quelques vêtements, pas grand-chose, avec l'idée qu'on allait revenir bientôt. Nereida laissa un serre-tête accroché dans sa chambre, et ce souvenir la fait pleurer quinze ans plus tard, parce que des détails futiles peuvent faire remonter les larmes de vraie souffrance. Paola oublia ses boucles d'oreilles en or, petites et entrelacées, celles que sa marraine lui avait offertes et que Maritza ne lui laissait pas porter, « tu vas les perdre ». Les souvenirs de toutes ces vies, les albums photos et les livres de classe restèrent à El Encanto, dans un espoir de retour qui ne devait jamais se réaliser.

Les cadavres furent jetés en travers de deux mules, et les vivants marchèrent, marchèrent, marchèrent, marchèrent, marchèrent avec la peur au ventre et le ventre vide et dans le sillage des morts. Ils descendirent de la montagne qui ne les avait pas protégés et quelque part en chemin, un peu au-dessus de Santa Rosalía, à côté d'une ferme dont tous ont oublié le nom, il y avait Maritza et Andrés qui avaient appris la nouvelle en route et qui attendaient la caravane funèbre au bord du sentier de terre, devant cette maison où les avait attendus le messager, à son récit la toute nouvelle veuve s'était trouvée mal, il avait fallu lui apporter de l'eau sucrée, et elle fixait maintenant le tournant d'où allait surgir son univers détruit.

Ce fut ainsi que Maritza et sa famille quittèrent la Sierra Nevada et vinrent grossir les rangs de ceux qu'on appelle pudiquement « déplacés internes », ceux qui ont tout perdu, à qui l'État a failli, qui fuient et terminent généralement dans les bas-fonds des grandes villes, dans une misère crasse et une violence endémique, les déplacés donc, qui, en 2004, représentaient officiellement plus de trois millions de Colombiens – plus de 7 % de la population de l'époque.

8

Pourquoi, après des années de cohabitation avec les groupes armés, après avoir survécu aussi longtemps, Álvaro fut-il tué ce jour-là ? Quinze ans plus tard, l'histoire de sa mort comporte des lacunes, des mystères, des interrogations sans fin. Les plaques de zinc furent-elles réellement à l'origine de tout ? Un voisin mal intentionné dénonça-t-il Álvaro, glissant à la guérilla – affabulant – que ce fermier-là était de mèche avec les paramilitaires ?

J'ai voulu comprendre ce séisme initial, Maritza, comprendre cette mort et ce déplacement qui furent la cause de tout ce qui vint ensuite, tes combats, ce projet d'El Diviso, ta propre fin. Je crois que vos deux morts – celle d'Álvaro et la tienne – sont les deux extrémités d'une même ligne dont j'essaie de suivre les sinuosités. Je connais l'histoire officielle, et les récits de tous tes enfants. Il me manquait la version des assassins.

Entrer en contact avec la guérilla des FARC – « ex-guérilla » depuis 2016 – se révéla plus facile que prévu. Mais il fut moins aisé de sonder la mémoire de ceux qui se trouvaient *sur place* à l'époque de la mort d'Álvaro, trouver les bons interlocuteurs parmi les anciens combattants d'un mouvement qui comptait alors quelque 20 000 membres. D'ami en ami, je me suis présentée un dimanche matin chez un ancien guérillero – penseur de la lutte armée et combattant de la première heure du Frente 19, le dix-neuvième front des FARC, qui opérait dans la Sierra Nevada de Santa Marta – là où ton compagnon Álvaro avait été tué.

Gabriel Ángel, ce n'est pas son vrai nom, m'a reçue dans son appartement immaculé de Bogotá, un complexe résidentiel tout ce qu'il y a de plus conventionnel où vivent, m'a-t-il glissé d'un ton de conspirateur, bon nombre de policiers et de militaires qui ignorent tout de son passé révolutionnaire. J'ignore à quoi je m'attendais exactement, mais certainement pas à ce gentleman-farmer sexagénaire câlinant Flocon, petite chatte persane évoquant effectivement un flocon de neige ou une boule de coton.

En finissant son petit déjeuner – viande séchée et banane plantain, habitudes de guerre –, il m'a raconté l'histoire du Frente 19, ces colonnes de la guérilla qui arpentaient la Sierra, très haut, qui vivaient près des sommets, dans ce qui fut un bastion des FARC dans les années 1990 après avoir été une place forte de *la mafia de la marijuana*, la première des drogues de la région. La *marimba*, autre nom de la marijuana, avait envahi toute la Sierra dans les années 1970, tellement plus rentable que le café, à tel point que cette époque est restée dans les mémoires sous le nom de *bonanza marimbera*, prospérité marijuanesque.

Ce fut l'époque de l'argent facile, l'argent qui semblait ne jamais se tarir, les paysans *marimberos*, cultivateurs de la plante magique, ivres de leur prospérité nouvelle, le Smith & Wesson à la ceinture du pantalon, un Browning pour les plus modestes, les tirs au ciel parce que les hommes voudraient éteindre les étoiles. Sur la côte, les gringos des Peace Corps venus prêcher l'anticommunisme devenaient accros puis trafiquants. Et dans la montagne, les seigneurs de la drogue – futurs seigneurs de guerre – commençaient leur ascension, au premier rang desquels le Vieux, « tu as entendu parler du Vieux ? ». Ce personnage qu'on appelle encore « El Patrón » dans certains coins de la Sierra. « Il était mauvais comme la gale. »

Plus tard, dans d'autres récits, le Patrón apparaîtra de nouveau dans ton histoire, Maritza. Gabriel, l'ancien du Frente 19, s'est contenté des grandes lignes : comment le Patrón embauchait des paysans pour ramasser la marijuana, puis les faisait massacrer quand venait l'heure de la paye ; comment des ouvriers agricoles se rebellèrent un jour et brûlèrent une partie de la récolte, « vingt mille kilos », a précisé Gabriel d'un air satisfait ; et comment un petit groupe de ces hommes finit par venir grossir les rangs du Frente 19 des FARC.

La Sierra Nevada de Santa Marta est un point névralgique. Depuis ses hauteurs, on peut contrôler une partie de la côte caraïbe et de ses ports, rayonner au sud et à l'est. Aussi les FARC y furent-elles présentes dès le début des années 1980. « Ils montèrent depuis la côte, un tout petit groupe, sept guérilleros au début, pas plus, et petit à petit ils jetèrent les bases de notre action dans la région », m'a expliqué Gabriel.

Gabriel parla longtemps et sa main caressait distraitement Flocon, lovée sur le canapé aussi blanc que son pelage. Il raconta les amis morts, les rapports avec les paysans, un monde dont nombre d'entre eux étaient issus, et les années de guerre dans la Sierra, « qui ne furent pas si terribles jusqu'en 2000, parce qu'alors les paramilitaires arrivèrent en force, et tout devint dur et violent ». Mais lui n'était plus là pour le voir, on l'avait envoyé sur un autre front, plus à l'est, vers le Venezuela. Il ne peut donc rien me dire sur l'époque de la mort d'Álvaro. Mon dépit dut se voir, car Gabriel posa Flocon sur ses genoux et sourit. « Non, mais si tu veux savoir ce qui s'est passé dans les années 2000, c'est facile. Va à Tierra Grata. » Et ce nom, Tierra Grata, « terre plaisante », résonna à mes oreilles comme quelque chose de magique.

Les hommes et les femmes de Tierra Grata portent la guerre inscrite sur le corps. Des chairs labourées, des cicatrices nacrées, des balafres profondes. Leur chair, leur peau sont comme une cartographie du conflit colombien, comme une incarnation du pays, déchiré, blessé, mal recousu puis écorché de nouveau.

Tierra Grata est un ETCR, un Espace territorial de formation et réinsertion, autrement dit un de ces étranges hameaux surgis de toutes pièces et à la va-vite pour accueillir les anciens combattants démobilisés après l'accord de paix de 2016. Un espace tampon qui, à l'œil, évoquerait vaguement un village vacances – version décrépite. Il y a des lieux communautaires, un restaurant, des douches communes. Des fresques murales. L'une d'elles est dédiée à Simón Trinidad, légende des FARC et enfant terrible d'une *bonne famille* de la région, banquier avant de rejoindre la guérilla marxiste. Partout, des enfants. C'est le fameux baby-boom post-démobilisation, car la guérilla interdisait la maternité pendant les années de guerre.

En m'envoyant ici, sur le versant méridional de la Sierra Nevada, non loin de Valledupar – là où tu vécus ton adolescence, Maritza –, Gabriel Ángel m'a recommandée à un ancien camarade. On me recevra, m'a-t-il assuré, même si j'arrive à l'improviste. Ce que je fais, après un trajet cahoteux à l'arrière d'une antique moto-taxi. Le contact de Gabriel Ángel vient me chercher à l'entrée du camp. Il porte un bandana vert sur l'épaule gauche, comme en portent les guérilleros dans la montagne. Quel est le sens de cette marque vestimentaire ? Simple habitude ou volonté de montrer qu'il ne renonce pas à une forme de combat, fût-il idéologique ? Je n'ose pas lui poser la question. L'homme a le visage fermé. Traits indiens, pommettes hautes. Le regard distant. Comme Gabriel, il quitta la Sierra avant les années 2000. Mais il me conduit jusqu'à ceux qui y étaient.

Autant le dire tout de suite, Maritza, personne ne m'a dit ce que j'étais venue entendre. Les récits qu'on veut bien me faire, après m'avoir demandé si j'étais bien autorisée par « les camarades » à être ici, sont tous sur le même modèle et manquent singulièrement de sincérité. Oh, ils se souviennent de la région. Des fermes alentour. Deux ou trois ont même réagi à la mention de ta maison, une *finca* très éloignée, c'est bien ça ? Avec beaucoup d'enfants ? Mais la mort d'Álvaro, ou d'autres, n'a généré que des regards vaguement offusqués et farouchement innocents. « Nous ne tuions pas de civils. Ou alors des collabos, mais ils l'avaient cherché. » Tout juste certains, après de longues discussions en privé, admettent-ils qu'il a pu, parfois, y avoir des *dérapages*. « Attention avec tes questions, m'a prévenue Miguel, un autre ancien du Frente 19. Tu pourrais offenser des gens. Il y a des choses qu'il ne faut pas demander. » Puis, bon prince, il m'a offert un petit verre de rhum sous le lourd soleil du zénith.

Quelle ingénue je fais, me dis-je plus tard, après des heures d'entretiens, à la table de la cantine de Tierra Grata où une ex-guérillera maternelle sert du café. Les FARC ont pris part, avec l'armée et les paramilitaires, à un conflit armé qui a coûté la vie à plus de 200 000 civils. La guérilla n'est pas exempte de torts. En venant ici, je croyais naïvement qu'un processus de démobilisation, de construction de la paix, passait nécessairement par la reconnaissance de ses erreurs, de ses crimes. Cela ne va visiblement pas de soi.

Pourtant je suis revenue. Je me suis acharnée. En vain. Les discours étaient toujours aussi évasifs et j'ai pensé *tout ce temps pour rien*. Et puis au troisième jour, au dernier moment, j'ai appris quelque chose, Maritza. J'ai retrouvé la trace d'Erica, la guérillera qui, d'après tes enfants, avait participé à l'assassinat de ton mari.

Le nom concordait, la description aussi. La femme qui m'a renseignée a évoqué ses cheveux noirs, longs comme une rivière. Erica a vécu ici un temps. Je l'ai manquée de peu, elle a quitté Tierra Grata voilà plusieurs mois. Une histoire triste. Son fiancé avait repris les armes dans une dissidence de la guérilla, et mourut peu après. Erica, elle, est malade. Un cancer, probablement de l'utérus, m'a appris une ancienne combattante en me regardant de ses yeux clairs et sereins. « Elle est partie dans sa famille et a coupé les ponts avec tout le monde. Elle a jeté son téléphone, elle essaie d'oublier sa vie passée. » J'ai songé fugacement *c'est bien fait*, que cette femme qui avait été à l'origine de ton malheur, Maritza, méritait peut-être de mourir d'un cancer. Puis j'ai eu honte d'avoir pensé ça.

Je n'ai pas retrouvé Erica – j'ai appris son vrai nom mais ne l'écrirai pas ici. Elle a bien couvert ses traces, je n'ai pas poussé plus loin. Quand j'ai raconté l'histoire à tes enfants, Maritza, je crois qu'ils ont compris.

9

Après la mort d'Álvaro, tout devint sordide. Peut-il en être autrement après un meurtre et un déplacement forcé. Du jour au lendemain, Maritza, tu te retrouvas veuve. On enterra Álvaro à Santa Marta, tu te tenais au bord de la fosse, les yeux clos, tes enfants accrochés à tes mains comme pour ne pas vous noyer tous. Et puis il fallut continuer à vivre. Sans biens, sans maison, et avec tes six enfants, tu fus obligée de demander le gîte à ta belle-famille.

Ce fut violent, impitoyable. Santa Marta, la ville des vacances et de la plage, la ville-plaisir, était soudain devenue hostile et dangereuse et bruyante. Tes enfants, chassés de la Sierra comme d'un éden perdu, se sentaient agressés de toutes parts et par tout, les bruits trop forts, les gens trop nombreux, la foule et le chaos et les uniformes. Il fallut des mois à Ariadna pour ne plus avoir peur des policiers et des militaires, dont le treillis, à cette époque, rappelait celui de la guérilla. Un délire de persécution, de son propre aveu, « comme s'ils allaient venir et nous tuer tous, nous, ceux qu'il restait à tuer ». J'essaie d'imaginer cela dans la tête d'une petite fille de dix ans, cette idée que la mort n'est qu'une question de temps.

Il y eut aussi la frayeur immense d'être séparés, ce moment où la famille d'Álvaro chercha à *répartir* ses orphelins – Camilo chez cette tante, Paola chez celle-là, les autres ici et là. Les enfants s'en rappellent encore avec des frissons. « Ils ont voulu nous diviser », la phrase est revenue dans presque tous les récits. Tu réagis avec violence, Maritza, comme une mère lionne. Personne ne te prendrait tes enfants, même si tu devais aller vivre sous un pont. Ce furent tes mots tels que s'en souvient aujourd'hui Ariadna qui me raconte cette histoire dans le patio de sa maison, au milieu des bruits de la nuit.

Tu n'allas pas sous un pont, Maritza, et, faute de choix, tu continuas à te tourner vers ta belle-famille, même si tu ne t'entendais pas avec tous et même si certains ne t'aimaient pas, notamment ta belle-mère, qui, bien qu'elle-même noire de peau, était profondément raciste. Ta carnation – presque la sienne – était trop sombre à son goût. Et puis il y avait la suspicion, cette conversation entre tes beaux-frères et belles-sœurs surprise par tes enfants dans le patio, « comment est-il possible que Maritza s'en soit tirée alors qu'ils ont tué Álvaro ? ». On ne peut pas dire qu'on t'ait ouvert les bras à Santa Marta.

Vous fûtes ballottés de maison en maison, du bout du cœur. Il y eut d'abord l'appartement de

Silvia, où les remarques se firent plus acides, les regards acerbes, à mesure que fondaient les économies emportées dans la fuite de la Sierra, avec lesquelles tu pouvais participer aux dépenses domestiques.

Les catastrophes et les questions d'argent agissent souvent comme un révélateur des familles. L'axiome qui veut que « la famille est toujours là » se trouva être moins vrai que prévu. Les fondations n'étaient pas si solides.

Après Silvia donc, il y eut la maison de la tante Ruby. *L'Entrepôt.* « Les jours obscurs », me dit Ariadna. Tes enfants ont vécu la perte d'un père, le déplacement forcé, la mort de leur mère, pourtant ils parlent de cette période-là comme de « la pire de toutes ». L'endroit peuple encore les cauchemars de Camilo et d'Andrés. C'était un petit hangar en tôle qui devenait brûlant, étouffant, irrespirable sous le soleil des Caraïbes.

Ce fut le temps du tourment et de la faim. Au début, Ruby et son mari vous donnaient quelque chose à manger, puis ce fut seulement un pain au petit déjeuner, puis plus rien. « Rien de rien », m'ont martelé tes enfants. Des jours et des jours et des nuits de ventre vide, et comment calmer cette douleur-là, ce manque qu'on ne peut pas comprendre tant qu'on ne l'a pas vraiment vécu, et comment s'en échapper quand le monde se réduit à quatre murs de béton qui vous étouffent et un toit de tôle incandescent au soleil de midi. La sensation que l'univers se consume et s'étrécit. Vous étiez étendus dans cette chaleur gluante, sur les matelas fins, faits d'une matière étrange, vaguement plastifiés, tu les avais obtenus auprès d'un organisme de charité, ils collaient à la peau trop moite et vous vous retourniez dans l'air poisseux sans jamais trouver de répit. Camilo et Paola se couvrirent de boutons, sur tout le corps, on aurait dit des épis de maïs, qu'est-ce qu'ils étaient laids, Ariadna a un petit rire, « on les appelait Monsieur et Madame Éruption ».

Toi, Maritza, tu devins hâve, les os saillants, et tes longs cheveux crépus tombaient par poignées. Plus tard, Ruby et son mari vous couperaient aussi l'électricité, il n'y a pas de petites économies.

Parfois, vous mangiez ce qu'un organisme de charité voulait bien vous donner. Des lentilles et encore des lentilles et de la Bienestarina, cette farine enrichie en tout que distribuent les systèmes sociaux et dont la saveur, quand elle n'est pas sucrée, évoque l'hémoglobine, peut-être à cause du fer qu'elle contient. Vos repas avaient un goût de sang. Certaines nuits de ventre trop vide, tes enfants ouvraient la porte des toilettes où Ruby entreposait des caisses de soda et buvaient en cachette le liquide tiède et sucré. Il y avait aussi ces soirs où l'oncle rentrait ivre et, rendu grand prince par l'alcool et les airs de *cumbia*, offrait bonbons et glaces à ses neveux.

Tout le jour, Maritza, tu cherchais du travail. On commença à te confier des travaux d'aiguille et de ménage, çà et là. Tu cousais à la perfection, paraît-il, tu avais travaillé comme modiste dans ta prime jeunesse et tu fabriquais toi-même les vêtements de tes enfants, avec un réel talent, comme cette jupe plissée, un peu Grace Kelly, que Nereida portait pour la messe ce dimanche où je l'ai rencontrée. Elle s'était faite belle, Ariadna aussi, le culte du dimanche est pris au sérieux dans la famille.

Cela date de cette période de l'Entrepôt. Plus la vie est dure, plus on croit en Dieu. Il doit y avoir quelque chose de terriblement rassurant dans l'idée d'une puissance supérieure, bienveillante et cohérente, dans l'idée que tout cela a un sens et fait partie d'un plan divin, même les catastrophes, même le coup de tonnerre dans le ciel serein.

Ce fut la tante Nelly qui te fit connaître son Église. La tante Nelly, une sœur d'Álvaro, la seule qui t'aida vraiment, sincèrement – la seule que tes enfants chérissent aujourd'hui. Elle faisait ce qu'elle pouvait, envoyait de l'argent ou de la nourriture. Plus tard, elle meublerait votre future maison juste avant les crues de décembre, cette inondation terrible où le fleuve déchaîné, comme une métaphore du Déluge, emporterait avec lui les matelas, le frigo, les chaises, et tout le reste, tous ces dons de la tante Nelly. Et encore une fois, au milieu de la rage et de l'abattement, tu te raccrocherais à l'idée que *tout cela venait de Dieu*, et devait donc avoir, même obscurément, même caché, un sens.

Tes enfants m'ont parlé longuement de Dieu qui se manifeste dans des prophéties, et de leur Église – Iglesia de Dios ministerial de Jesucristo Internacional, un nom pareil ne s'invente pas. J'ai même accompagné tes filles à la messe, ce dimanche-là, dans un hangar blanc et bleu où les fidèles chantaient et répondaient « amen » aux injonctions du pasteur, un homme brun en chemise azur. Je devais avoir l'air perdue, car un homme – vraisemblablement le bedeau – m'a mis d'autorité une bible dans les mains et s'est chargé de me l'ouvrir à chaque fois, à la bonne page, avec un sourire encourageant. Un peu plus tard, après la messe, Ariadna m'a interrogée d'un air presque déçu, « pourquoi ne crois-tu pas ? », et je n'ai pas su quoi répondre. Peu importe. La foi est plus belle que Dieu. Elle est un vrai refuge pour tes enfants, aujourd'hui que tu n'es plus là. Ce dimanche, Camilo, qui n'allait pas à l'église de ton vivant, était assis au premier rang, concentré. Il ne s'est pas retourné une seule fois.

10

La genèse du projet de la ferme – la dernière, celle où tu mourus, Maritza – reste nébuleuse. J'ai posé la question à tous ceux que j'ai rencontrés, écouté des récits, demandé des détails, mais chacun a sa propre version, sa propre vérité, ses zones d'ombre.

L'idée de ce projet merveilleux et fatal surgit en 2011. L'Entrepôt était loin derrière, derrière toi les jours les plus sombres et cet épisode navrant où tu « pétas un câble », selon la formule employée peu respectueusement par tes enfants et amies pour décrire ton bref séjour en hôpital psychiatrique, en 2008, ou 2009, plus personne n'est certain de l'année.

À cette époque, donc, tu avais ta propre maison, dans le quartier des Malvinas. Tu vivais avec ceux de tes enfants restés à Santa Marta, pas toujours les mêmes selon les années, et sans homme. Après la mort d'Álvaro, nul ne t'a connu un amoureux, ni même un flirt. Tu n'avais plus le cœur à ça et l'idée même te paraissait saugrenue, si bien que le jour où cet affable camionneur te prit en auto-stop dans la banlieue de Santa Marta, un jour de grande fatigue, puis employa le reste du trajet à te courtiser, tu lui laissas sans rougir un faux numéro de téléphone. Tu riais encore en racontant l'histoire à tes amies. Et elles s'esclaffaient elles-mêmes en me la narrant, des années plus tard.

À défaut de camionneur, donc, tu conservais ta colossale énergie pour tes enfants et tes nombreux projets, mélange de militantisme et d'entrepreneuriat. Tu rencontrais d'autres déplacés, des victimes du conflit et des gens qui voulaient faire bouger les choses. Il y eut des ateliers, des conférences, des formations... Plus tard, beaucoup plus tard, tu irais même à Bogotá, la froide capitale, défendre tes causes devant le Congrès. Tes enfants m'ont montré cette photo de toi prise place Bolívar, à Bogotá, cette grande esplanade grise qu'envahissent les pigeons et parfois quelques lamas. Tu portais un turban clair et une robe trop légère pour le froid de la capitale. C'était peu de temps avant ta mort.

Bien des années plus tôt, quand surgit le *projet de la ferme*, en 2011 donc, tu faisais déjà partie de plusieurs associations, de femmes, d'Afrodescendants, de paysans, et tu allais même créer la tienne, à l'acronyme imprononçable et dont personne ne se souvient pour cette raison. Tu avais commencé à devenir la leader sociale que tu étais au moment de ta mort.

Lentement, très lentement, j'ai déroulé le fil. De discussion en rendez-vous manqué, de contact en contact, j'ai rencontré tes camarades, tes collègues, tous ou presque se disaient tes amis et me mettaient en garde contre les suivants qui, eux, ne l'étaient pas réellement. *Tous des menteurs, sauf moi*, semblait être le mot d'ordre. Il y eut des entretiens dans des bureaux officiels, dans des patios coloniaux et beaucoup, curieusement, dans ce centre commercial paré et sonorisé pour les fêtes de décembre, où je me croyais dans le cerveau d'un père Noël sous crack.

Jaime, lui, m'a donné rendez-vous dans une boucherie de Santa Marta qui, à en juger par l'odeur, servait aussi d'abattoir. Devant mon air nauséeux, il m'a entraînée vers la cafétéria du supermarché voisin, au milieu des piles de produits en promotion. C'est un tout petit homme, sec et moustachu, qui a passé l'entretien à se ronger les ongles et dont le regard sombre courait d'un bout à l'autre de la cafétéria, anxieux, effrayé, à tel point que j'ai fini par craindre qu'un *sicario* surgisse, arme en main, de derrière une pile de couches.

« Je suis menacé de mort, m'a-t-il expliqué, parce que je suis un leader social reconnu. » Il m'a raconté qu'il avait été déplacé par la violence, victime des paramilitaires dans la zone bananière, à l'ouest de la Sierra Nevada. Plus tard, on me livrera un portrait ambigu de Jaime, on me mettra en garde, *dans la confusion ambiante, les bourreaux se font parfois passer pour les victimes*. Encore une fois, l'impression que la vérité me glisse des doigts, et cette sensation paranoïaque que *tout le monde ment*.

Pour El Diviso, le projet de la ferme, Jaime fut le « représentant légal des paysans », selon ses propres termes, l'initiateur du projet qui commença, donc, en 2011, par une sorte de tractation entre Jaime, le propriétaire du terrain et l'INCODER, organisme gouvernemental de « développement rural » qui fut depuis dissous suite à de graves et répétés scandales, notamment de corruption.

Le propriétaire du terrain s'appelait Henry Barreto, et j'entendrai souvent mentionner son nom dans mes recherches. Il tenait de son père la propriété d'El Diviso, nichée dans le piémont de la Sierra Nevada, sur la façade nord – situation géographique qui fut peut-être la cause de tout.

Jaime et lui passèrent une sorte d'accord préliminaire, agréant un prix de vente du terrain – 78 hectares en tout – à hauteur de 250 millions de pesos, soit un peu plus de 67 000 euros. Puis Barreto traita avec l'INCODER, qui procéda à l'achat effectif du bien pour en transférer ensuite la propriété aux *parceleras*, les exploitantes de parcelles, les bénéficiaires.

Le groupe était officiellement composé de neuf femmes déplacées par la violence, victimes du conflit armé. Dans les faits, c'était parfois un mari, ou un père qui, de facto, faisait partie du projet censé être féminin – bien que géré, depuis le début, par Jaime, « un vrai coq au milieu de ses poules », a lâché une de tes amies.

Ça commença tout de suite mal. Lors d'une exploration du terrain, avant même de rentrer en possession des lieux, on découvrit un laboratoire de cocaïne de fortune au bord de la cascade. Je n'ai jamais réussi à établir avec certitude qui fit la découverte, Maritza. À chaque récit, une version différente. C'était parfois toi et Jaime, toi et une autre bénéficiaire, parfois tu n'y étais pas du tout. Les autorités, dans tous les cas, furent prévenues, et ce qui restait du laboratoire – des bâches de plastique, de grands baquets, des récipients ayant contenu l'un ou l'autre des réactifs – fut brûlé et on n'en parla plus. D'abord parce que l'affaire était réglée, ensuite parce qu'il vaut mieux éviter d'évoquer certaines choses. Les muets vivent plus longtemps. Cet événement allait pourtant ressurgir des années plus tard, après ta mort.

En 2014, après plusieurs années de négociation et de lenteur administrative, les neuf bénéficiaires entrèrent en possession de leur bien. Mais posséder en commun ne va pas nécessairement de soi. Tous ont insisté sur ce point, en utilisant ce mot, *undivision,* source de tant de conflits. L'administration, l'INCODER, n'apportait aucun accompagnement du projet, aucun suivi – *voilà le terrain, voilà les papiers, bonne chance*. Les neuf propriétaires n'avaient pas les mêmes attentes, pas la même implication, les mêmes envies, le même ego, le même rythme de travail. Alors, rapidement, décision fut prise de diviser la propriété en neuf lots d'égale valeur – étude géométrique à l'appui. Et les parcelles furent réparties par tirage au sort.

Ce jour-là, Maritza, tu n'étais pas là. Tu assistais à un bingo, tu étais malade, tu travaillais, on m'a donné différentes explications, la mémoire humaine n'est pas fiable. Tu étais absente, donc, et ce fut Ingrid qui piocha pour toi – Ingrid que, curieusement, tu avais connue dans la Sierra, il y avait des siècles semblait-il, et une fois de plus je me dis que cette histoire est cyclique, avec des personnages qui se retrouvent à des années et des lieues de distance.

Ingrid et les autres, huit femmes en tout, se réunirent pour le tirage au sort devant le marché municipal de Santa Marta, ce même marché autrefois infesté de paramilitaires où, au début des années 2000, on pouvait trouver des *sicarios*, des tueurs à gages, qui annonçaient leurs prix comme des vendeurs à la criée, *a quinientos el muñeco – cinq cent mille le mort, approchez, messieurs-dames*.

Les lots avaient été numérotés de un à neuf, et neuf jetons de bingo correspondants furent mélangés dans un sac en laine. L'une après l'autre, au milieu du brouhaha de la rue et des odeurs du marché, chaque femme tira un jeton. Puis Ingrid replongea la main, cette fois pour toi, Maritza. Ta mort s'est-elle écrite à ce moment-là ? Il ne restait qu'un seul jeton et tout le monde savait logiquement ce qui allait sortir : le numéro un, la meilleure parcelle, celle qui comportait la maison, la cascade, l'accès à la route et à l'électricité. Que se passa-t-il alors dans le cercle des femmes ? La jalousie et l'envie, *pourquoi elle et pas nous*, furent-elles exprimées ouvertement ? Ce fut le début de toutes les tensions, les vexations, les controverses et les disputes : la maison était-elle à toi seule, ou partagée ? J'ai entendu les deux versions, chacune défendue avec une égale virulence. L'accord étant officieux, hors du cadre fixé par l'INCODER, il n'y avait pas d'arbitre.

Je suis allée frapper chez Ingrid, à la grille de sa maison fuchsia. Elle m'a regardée d'un air infiniment méfiant, les yeux plissés dans son visage constellé de taches de rousseur. Elle a confirmé ce récit mais n'a rien voulu dire de plus. Je suis restée à la grille. Elle a répété plusieurs fois qu'elle ne savait rien – rien de ta mort, rien de la *finca*, rien de rien. Elle avait peur.

Elles ont toutes peur, Maritza. L'une d'elles a refusé tout net de me parler. D'autres ont accepté, participantes ou non au projet, « surtout, ne cite pas mon nom ». Elles parlaient à voix basse, derrière des portes closes ou dans des patios fermés. Une autre fit vérifier mon identité par ta fille, à mon arrivée, via un appel vidéo, en approchant le téléphone de mon visage – « Tu la connais ? »

T'en souviens-tu, Maritza ? Cette amie t'avait suppliée de ne pas remonter à El Diviso. Elle avait vu ta mort en songe – et j'ai pensé de nouveau, *comme c'est cyclique, un rêve avait déjà annoncé la mort d'Álvaro*. Le rêve était étrange et inquiétant, deux femmes assises dans un hamac en contrebas de la ferme. L'épouse et la fille d'un des participants au projet. L'une, nue, ricanante, effrayante, pointait un index blanchâtre vers ta maison. Vers toi. Et elle parlait, le doigt pointé dans ta direction. « Cette femme, nous allons la faire assassiner. »

À peu près en même temps, les serpents réapparaissaient dans les nuits de ta fille Paola, très loin, à l'autre bout du pays.

11

Au fil de l'enquête, des discussions, et plus tard en montant à la *finca,* une question s'est imposée. Ce terrain a-t-il une importance stratégique pour un groupe armé ? Puisque les groupes illégaux sont partout, qui contrôle la façade nord de la Sierra ? Le fonctionnaire de l'INCODER chargé de l'affaire à l'époque ne consentit jamais à répondre à mes questions. Il faut néanmoins rappeler le panorama de violence dans la région. Qui faisait la loi ici – *qui continue de faire la loi*.

La Sierra Nevada de Santa Marta fut – est toujours – le territoire de cet homme aux traits lourds sous un chapeau de paysan. Un visage presque caricatural avec cet œil noir et cette moustache trop fournie. Cette figure connue, redoutée, haïe – ou vénérée. Celui qu'on appelle encore parfois le Patrón. Hernán Giraldo.

On le surnommait aussi « el Taladro », la Perceuse, non seulement parce qu'il aimait à utiliser cet outil comme instrument de torture, mais surtout en raison des viols qu'il commettait par dizaines – par centaines – sur des adolescentes et des préadolescentes, de préférence vierges et âgées de moins de quatorze ans. Il arrivait aussi que les parents eux-mêmes vendent la virginité de leur enfant, motivés par la peur et l'argent, car le Patrón, généreux avec l'argent de la drogue, payait largement les hymens. De ces viols systématiques naquirent des dizaines d'enfants. C'était peut-être précisément le but recherché.

Hernán Giraldo, né en 1948 au sud de Medellín, est un *cachaco*, un homme de l'intérieur du pays. Il s'installa dans la Sierra Nevada à la fin des années 1960, à une époque où les colons arrivaient par centaines parce qu'on y trouvait des terres incultes et libres, dans ce pays où la terre a toujours été un problème. Il se consacra d'abord au café, puis ce fut le début de la *bonanza marimbera*, le boom économique de la marijuana. La plante magique poussa là où on avait arraché les caféiers, et le paysan illettré devint *El Patrón*.

Encore quelques années et ce seraient les armes et la violence. Un premier groupe d'extorsion qui opérait particulièrement autour du marché de Santa Marta – celui-là même où, des années plus tard, huit femmes se répartiraient les parcelles d'El Diviso. Après, il y eut d'autres bandes, d'autres noms, toujours plus d'armes, de violence et de viols, et le Patrón finit par s'imposer comme maître et seigneur de la région, de ses habitants et du corps des adolescentes.

Une anecdote révèle l'ampleur de sa mainmise sur la Sierra. Au début des années 2000, une organisation paramilitaire et narcotrafiquante – les deux vont souvent de pair – opérait également dans la Sierra : los Rojas, qui disposaient du précieux soutien des tout-puissants frères Castaño, créateurs de la maison mère du paramilitarisme : les Autodéfenses unies de Colombie. En 2001, après une série d'escarmouches, los Rojas et leurs alliés déclarèrent la guerre au trop puissant, trop riche et courtisé Patrón qui, en outre, avait eu l'impudence de décliner l'invitation à rejoindre la grande famille des Autodéfenses.

Les challengers, donc, s'en prirent au Patrón. Ce fut d'abord sans originalité, un massacre ici et un massacre là, civils et paysans fournissant une manne de victimes collatérales, assurant la figuration sanglante sur le champ de bataille. Mais los Rojas se révélèrent un adversaire redoutable. Si redoutable que Giraldo se retrouva en péril. Alors le Patrón, dans un acte désespéré mais audacieux, sortit sa botte secrète, son arme fatale que les autres, si puissants fussent-ils, n'avaient pas : le contrôle absolu sur les habitants de la région. En quelques jours – peut-être quelques heures –, le Patrón fit descendre de la Sierra la quasi-totalité de la population, quelque 14 000 personnes qui allèrent bloquer la route Troncal del Caribe, cette ligne de vie asphaltée de la côte colombienne.

Ce tour de force illustre la mainmise, y compris psychologique, y compris symbolique, du Patrón sur les habitants de la région. Même si, après quelques mois de paralysie de la zone, le Patrón dut réclamer un cessez-le-feu. Il finit par signer un accord au terme duquel il perdit une partie de son pouvoir, et en tout cas son indépendance puisqu'il passa sous la coupe des Autodéfenses – dont il dirigea le Bloc Tayrona – et notamment d'un sanguinaire chef paramilitaire nommé Jorge 40.

Un dernier détail, ici, intéressera le lecteur sensible à l'ironie. Il y a peu, l'Unité de soin aux victimes – entité du ministère de l'Intérieur chargée de prendre en charge les victimes du conflit armé – s'est dotée d'un nouveau coordinateur. Un jeune avocat brun dont la nomination a fait scandale un peu partout, notamment chez les victimes elles-mêmes. Et pour cause : le jeune homme au visage poupin est le propre fils de Jorge 40.

Le Patrón, donc, perdit une partie de son pouvoir au début des années 2000, même s'il conserva son emprise sur les esprits. Entre 2003 et 2006, avec un système spécial de justice prévoyant une peine maximale de huit ans de prison s'ils déposaient les armes et avouaient leurs crimes, les paramilitaires se démobilisèrent – telle est du moins la version officielle. Et le Patrón, lui, fut extradé aux États-Unis en 2008, condamné pour trafic de drogue, car les crimes contre la vie humaine sont rarement retenus.

En réalité, les paramilitaires ne disparurent pas – ils changèrent de nom et de costume, opérèrent quelques modifications et continuèrent, pour ainsi dire, comme avant. Il en fut ainsi dans la Sierra Nevada, où sévissent toujours, depuis cette époque, los Leales a Giraldo – les Loyaux à Giraldo. Bien souvent chapeautés par les rejetons du Patrón, fruits des innombrables viols dans la Sierra. Filles et fils, neveux et nièces, petits-enfants. Une armée de frères et de cousins, une structure criminelle héréditaire, la guerre en famille. « Giraldo mériterait le prix Nobel de la criminalité », m'a expliqué la chercheuse Norma Vera, qui lui a consacré un mémoire. « Ses viols correspondaient à un plan précis et pervers : créer une dynastie qui contrôlerait son territoire et lui succéderait. »

Au fil des années, les rejetons du Patrón ont créé une douzaine d'organisations criminelles, paramilitaires, narcotrafiquantes, appelons ça comme on veut, il y a toujours des armes, de la drogue et du sang. Ces groupes sont contemporains ou se succèdent, c'est selon, et ils sont effectivement presque toujours dirigés par un descendant de Giraldo. Une hydre à douze têtes. Aujourd'hui, la tête visible s'appelle Autodefensas Conquistadoras de la Sierra. Il y a six mois, c'était los Pachencas. Des noms différents, une façade qui change – ce qui sème une efficace confusion –, mais derrière ce sont toujours les Loyaux à Giraldo, l'ombre du Patrón. Et la peur sur la région. Qui explique l'omerta autour de ta mort, Maritza, et de tant d'autres événements.

Car les Loyaux n'ont aucune intention de desserrer leur emprise sur une zone si juteuse. La façade nord de la Sierra Nevada, en particulier, est stratégique à plusieurs titres : d'une part, ce sont symboliquement les pénates historiques du clan – le Patrón y possédait son *hacienda* principale. D'autre part, le débouché sur l'océan Atlantique est crucial pour sortir la drogue. Enfin, la zone est en plein boom touristique avec le développement du parc Tayrona, objet de convoitise. On ponctionne et on investit. Ceux qui s'y opposent sont éliminés. Cela fut-il ton cas, Maritza ?

Tes activités de leader sociale vers El Diviso – façade nord de la Sierra – ont-elles dérangé ? Le 14 janvier 2019, neuf jours après ta mort, un garde forestier du parc était assassiné. Et quelques mois plus tôt, le directeur du Tayrona était monté avec femme, enfants et chien dans un avion pour les États-Unis. De là, ils prirent la route et traversèrent la frontière canadienne pour y demander l'asile politique. Le directeur avait été prévenu : il était dans le collimateur des groupes armés et ce n'était qu'une question de temps avant qu'on le retrouve criblé de balles ou découpé à la tronçonneuse, selon l'humeur du tueur – comme cela était arrivé à ses prédécesseurs en 1994 puis en 2004.

Voilà pour le contexte. Voilà la zone où une entité gouvernementale colombienne approuva un projet réunissant des victimes du conflit armé. Voilà le territoire où tu fus assassinée, Maritza.

12

J'ai fini par voir le lieu de ta mort, Maritza. Là encore, le mot « isolé » a pris tout son sens. El Diviso, ta dernière ferme, celle où tu as été assassinée, est loin de tout. Dans une zone difficile d'accès, de non-droit, une zone profondément paramilitaire. Paramilitaire *dans le temps*, nuance, affirment les autorités, *tout ça, c'est de l'histoire ancienne*. Mais sur place les gens ont toujours peur et baissent la voix quand on parle d'*eux*. Ils ne prononcent pas le mot « paramilitaires », se contentent de dire « *ellos* » : « ils », « eux », et tout le monde comprend. Qui d'autre pourrait faire la loi ici ?

J'ai bien failli renoncer. Depuis le début de cette enquête, à chaque nouvelle rencontre de confiance, j'ai demandé de l'aide pour monter à la ferme. Personne ne pouvait, ou ne voulait, m'aider. Certains n'y étaient jamais allés et n'avaient qu'une vague idée du chemin. Tes enfants, tes amies m'ont dit clairement qu'ils avaient peur de cet endroit et m'ont déconseillé de m'y rendre. Un policier de la brigade criminelle, en chemise rose, m'a rappelé sournoisement que *là-haut*, tout est possible, on ne sait pas ce qui peut arriver. Un autre m'a conseillé de « faire l'idiote » et d'alpaguer n'importe quelle moto-taxi dans un coin de Bonda, « mais bien sûr, ces mecs-là sont probablement de mèche avec les groupes armés du coin ». Quels groupes armés, ai-je demandé, les paramilitaires ? Il n'y a plus de paramilitaires, voyons. « Mais il y a quand même des gens qu'il vaut mieux ne pas rencontrer. » Déni habituel des autorités: *ce que je refuse de nommer n'existe pas*.

J'avais presque baissé les bras, Maritza, quand j'en ai parlé au Profe, là-haut dans la Sierra, sur sa terrasse au-dessus des nuages. « Ne t'inquiète pas, a-t-il répliqué calmement, je m'en occupe. » Il a tenu parole. Quelques jours plus tard, une moto-taxi m'attendait à l'aube pour m'emmener jusqu'à ta ferme. Pepe – ce n'est pas son vrai nom – est un brave gaillard du coin, qui a connu la violence terrible de la grande époque paramilitaire. Il en a gardé des réflexes, comme celui de baisser la voix quand on évoque des « thèmes délicats », selon ses propres termes.

« Ils font la loi dans la montagne. C'est comme ça.

— Qui ça, ils ? Les paramilitaires ?

— Oui, *eux* », et Pepe prononce ces derniers mots dans un chuchotement.

Le trajet est long et splendide. À droite et à gauche de la piste, d'immenses portails marquent les entrées de grandes propriétés, plantations de café, résidences secondaires, installations écotouristiques, activité en pleine expansion dans la région où l'image de la *paix retrouvée* depuis 2016 a permis d'attirer de nombreux visiteurs.

La moto grimpe, croise la pierre de Donama, ce pétroglyphe plein de mystère qu'auraient gravé les Indiens tayronas avant l'arrivée des Espagnols. On passe le hameau où ton fils Camilo t'a prise en photo le jour de ta mort, tu avais posé au bord du chemin avec ta blouse blanche et ton turban gris clair, tu avais l'air heureuse, c'était une belle journée.

Nous montons sans fin, cela doit faire plus d'une heure. Le soleil est déjà haut. Après un virage, on revient sur nos pas, c'est là, ce sentier qui s'enfonce parmi les broussailles, on l'avait manqué, il est presque invisible, et au bout, cette masure, c'est ta ferme. De loin, on dirait une ruine. Pepe s'est tu, moi aussi. Il y a quelque chose de sordide dans l'air – quelle est la part d'imagination, d'autosuggestion ? La maison semble sur le point de dévaler la pente, d'être dévorée par la végétation folle.

C'est une maison blanche avec une porte noire, des grilles en fer forgé qui grincent quand on les ouvre. Pepe et moi restons en silence, nous nous approchons à pas lents, fascinés et effrayés, avec méfiance presque, comme si nous risquions de réveiller un monstre assoupi. On entend seulement le bruit du vent dans les mandariniers. Puis un écho arrive de la piste et nous nous retournons, et je redoute soudain de voir émerger un homme en armes ou le fantôme d'une Maritza enturbannée.

Un tout petit homme apparaît, maigre et basané, machette au côté, chargé d'un grand sac de jute. Il salue poliment, normalement, sans vraiment nous prêter attention, et nous donnons le change, *hola compa', on jette un coup d'œil à cette drôle de maison abandonnée.* Pepe a retrouvé son naturel, je souris à l'inconnu, et c'est comme si la bulle de fascination effrayée éclatait. La maison cesse d'être une menace endormie pour redevenir une ruine envahie par les branches. L'homme vient d'un hameau plus bas, il monte des provisions à la *loca*, la folle qui habite au bout du chemin, *quelle folle ?*, Pepe et moi échangeons un regard, l'homme nous a déjà dépassés, imperturbable et rapide comme les montagnards d'ici, et nous lui emboîtons le pas, *on vous accompagne, comme ça on explore les sentiers*. Pepe a un ton allègre, le genre de voix qui n'éveille pas les soupçons, il se tourne vers moi, cligne de l'œil.

En chemin, nous croisons des cueilleurs de café, bref échange de politesses, le kilo s'achète 400 pesos cette année, une misère, mais c'est décembre, tout le monde a besoin d'argent pour acheter des petits cadeaux et payer son coup au bar, alors ceux qui n'ont pas le choix acceptent le salaire trop faible et vont ramasser un quintal par jour. Pepe, qui sait faire parler les gens, évoque la ferme abandonnée. C'est là que la dame est morte, expliquent les journaliers, ils n'osent pas y entrer, « j'ai peur que le fantôme de la dame me tire par les pieds », dit l'un d'eux, puis ils saluent et s'en vont et nous traversons le torrent, ce même torrent que ton fils Camilo suivit dans le noir le soir de ton assassinat, Maritza. Là, sur la droite, un petit sentier grimpe à flanc de montagne, il conduit chez Lázaro, le seul participant au projet qui travaille encore son lopin, qui vienne encore ici, qui y passe ses nuits, parfois avec sa famille.

« C'est bizarre, quand même, observe Pepe qui exprime tout haut mes soupçons, Lázaro serait-il mêlé à tout ça ? » Je ne peux avoir aucune certitude, mais le fait est que tu es morte, Maritza, et que lui est vivant, et continue à fréquenter El Diviso.

La maison de la *loca*, ainsi nommée par le voisin, est à une vingtaine de minutes à pied. En approchant, on remarque des traces de culture, l'endroit est habité, et Pepe ne tarit pas d'éloges sur « les gros potirons » qui bordent le chemin. Après un cacaoyer chargé d'énormes cabosses, nous y voilà, chez la *loca*, et le lieu correspond bien. L'endroit semble chargé de magie, on imagine une sorcière tirée d'un conte, une maison en pain d'épices mal vieillie. Tout est sale et désordonné, sur le sol des carapaces de tortue fossilisées, des os que je n'identifie pas. Du café sèche à côté d'un tas de ces grosses graines noires auxquelles on prête des vertus magiques. Un chaton roux recule dans les herbes et des poussins noirs courent au milieu de cet étrange tableau. Dans la végétation, un chien invisible aboie et gronde.

J'entends un fredonnement et je tourne la tête, la *loca* est là. Est-elle vraiment folle ? Elle en a l'allure avec sa chemise ouverte sur un ventre énorme et très blanc, ses cheveux gris et emmêlés, comme de la feutrine, qui lui tombent aux genoux. Ne sachant trop que faire, je lui dis bonjour, et elle fait un pas en arrière. Elle a l'air hagard, vaguement effrayé, je me demande ce qui a pu lui arriver et je me sens mal à l'aise d'être là, devant cette femme qu'on appelle, à voix haute et sans gêne, la *loca*. Le voisin finit d'accrocher le sac de courses à un clou au mur, nous repartons. Alors que nous sommes déjà sur le chemin, et que Pepe s'extasie à nouveau sur « les gros potirons », je me retourne. La *loca* a reculé dans la forêt, derrière les arbres de roucou, de noni et les mandariniers. L'as-tu connue en ton temps, Maritza ?

Nous sommes revenus à ta ferme et avons laissé le voisin. Nous baissons la voix et observons la maison avec circonspection en approchant doucement. Une vieille guirlande électrique, qui ne doit plus rien éclairer, est abandonnée au bord du toit. Des bottes d'enfants sont éparpillées un peu partout. À l'intérieur, ça sent la mandarine et l'humidité, c'est sombre et terriblement encombré, une chatte n'y retrouverait pas ses petits. Un vieux jean sur une corde à linge, un rocking-chair défoncé, un peu comme chez ta mère à Aguas Blancas, une horloge dont les aiguilles sont bloquées sur 2 h 37 et je me demande si cet horaire a une signification ou si les piles se sont simplement arrêtées, peut-être après ta mort. Les murs sont bleu roi là où la peinture n'est pas trop écaillée. « Cet endroit est sorti en photo dans le journal », la voix de Pepe n'est qu'un souffle, presque inaudible, et partout, partout, partout ce qu'il convient d'appeler un bordel innommable, un capharnaüm monstrueux, comme si un ouragan était passé par là, pourtant tes assassins ne sont pas entrés fouiller les lieux, et je me souviens des paroles de cette source proche de l'enquête affirmant que tel était l'état de la maison juste après ton assassinat, et ce vague reproche dans la voix, « la dame n'était pas soigneuse », comme si tu avais manqué à tes devoirs de ménagère et que cela te discréditait d'une certaine façon.

Peut-être étais-tu simplement désordonnée, Maritza. Je remarque une paire de chaussures d'homme par terre, et je me demande brièvement si ce sont celles que Camilo n'a pas pris le temps d'enfiler quand il a fui, pieds nus et dans la nuit, le soir de ta mort.

Un bip électronique nous fait sursauter – nous nous trouvons au seul endroit où il y a un peu de réseau téléphonique, ici, dans ce coin de la cuisine, Camilo m'en avait parlé. Le reste de la maison, de la propriété, est coupé du monde. Vraiment l'endroit idéal où tuer une dame désarmée – mais je me demande une fois de plus s'il était judicieux, ou même justifiable, d'y monter un projet productif avec des femmes déplacées, et si l'institution ayant validé l'initiative était inconsciente, naïve, aveugle, ou pire.

Pepe et moi essayons de déterminer l'endroit de ta mort, Maritza. *C'est du sang, ça ?* Une tache sombre s'étale sur le seuil d'une porte fermée à clef, de la cendre a été répandue dessus et je me souviens qu'une de tes amies m'a dit en avoir couvert ton sang quand elle est montée ici juste après ton assassinat. « Ça fait un peu peur, non ? », murmure Pepe. Oui, ça fait un peu peur, et je m'attends à tout instant à voir surgir un groupe venu nous régler notre compte et ce ne serait pas tout à fait étonnant, car *ceux qui font la loi* ici doivent savoir que nous sommes là, et j'espère qu'ils ont cru à l'apparence de promenade en montagne que nous avons tenté de donner.

Mais personne ne sort de l'ombre en brandissant une arme, aucune silhouette menaçante n'apparaît sur le seuil, tout reste calme et tranquille et aussi *normal* que peut l'être un lieu comme celui-ci. Bien que nous continuions de chuchoter comme si le gros manguier, là devant, pouvait entendre et tout *leur* répéter, à *eux*. Répéter ces questions que me pose Pepe et auxquelles je ne réponds pas tout à fait exactement, car on ne sait jamais, même si j'ai confiance, même s'il est recommandé par le Profe, je ne parviens pas à me défaire d'un fond de méfiance, comme ce matin quand à moto j'ai senti le poids d'un objet métallique, lourd et de petite taille, dans sa besace, et j'ai imaginé que cela pouvait être un pistolet – il s'agissait d'un mini-compresseur pneumatique. Aussi quand il me demande si j'ai retrouvé tes enfants, Maritza, je réponds non, ici mieux vaut être trop prudent que pas assez.

Une fois dehors, Pepe observe la maison et les alentours. « C'est la meilleure parcelle, dit-il d'un ton de connaisseur mais toujours à voix basse. Sûr que ça a dû créer des jalousies. » Il me fait remarquer les nombreux arbres fruitiers, la qualité de la terre, qui doit valoir une blinde dans le coin, et encore, cette zone ne produit pas de drogue. « La coca, c'est plus loin. » Pepe avec un geste vers l'est. « Du côté de Guachaca. Et là-bas, c'est terrible. » Parce que c'est de là que vient la source de l'argent, des trafics, du blanchiment et de la corruption.

Pepe ouvre les bras comme pour embrasser le paysage. « Tout ceci, c'était à Hernán Giraldo. Ici, ça a toujours appartenu au Patrón. Et c'est encore le cas. » Il se tait, écoute le silence feutré de la forêt. « C'est sans fin, me dit-il à voix basse. Les paramilitaires se sont officiellement démobilisés, mais en fait ils sont toujours ici. Et je vais te dire un truc : quand un inconnu, un étranger pénètre dans un territoire comme celui-ci, ils le savent tout de suite, ils enquêtent. Ces gens-là ont un réseau que tu ne peux pas imaginer. » Je repense à Camilo allongé sous le lit à quelques pas de ton cadavre, ce soir de janvier. Fuyant dans la nuit noire et ignorant si tes meurtriers allaient revenir l'abattre. Il s'en est tiré par miracle.

13

Cette nuit-là, cette terrible nuit sans lune où tu fus assassinée, Maritza, quatre balles tirées pratiquement à bout portant, *a quemarropa*, dit-on en espagnol, allusion aux brûlures laissées sur les vêtements des victimes, Camilo resta longtemps sous le sommier de bois à épier les bruits de la nuit, de la forêt, guettant le pas, la voix, le claquement de métal qui lui signifierait que c'était la fin.

Rien ne vint. Puis, peut-être au bout d'une heure, il entendit un aboiement, proche mais déjà lointain. Un chien marquait – peut-être – le passage de quelqu'un, un peu plus loin. *Ils ne sont plus ici*, et Camilo s'extirpa de dessous le lit et dans un brouillard myope il sortit et te vit, toi, sa mère, *maman*, allongée sur le sol, immobile dans les épaisses ténèbres.

Il réagit avec sang-froid et instinct, comme un animal traqué – il sut qu'il devait fuir. *Mais pas par le chemin*, car c'était là qu'on pouvait le surprendre, qu'on l'attendait peut-être. Alors, pieds nus, lentilles de contact dans la poche et téléphone en main *pour appeler la police dès qu'il y aura du réseau*, il s'enfonça dans la nuit entre les caféiers.

Il suivit le torrent, de roc en roc dans l'agilité de ses vingt et un ans. Des milliers d'étoiles brillaient dans le ciel et Camilo pensait que, peut-être, sa mère, dont il venait de voir le cadavre percé de balles, n'était pas vraiment morte. Comme un espoir fou, comme un état second. Il descendit les pentes abruptes, le village, le salut, *prévenir la police, une ambulance*, au pied de la montagne. Il ne voyait rien malgré les lentilles de contact, rien que du noir, et tous les sons lui parvenaient amplifiés par la nuit et par l'angoisse. Quel tueur invisible l'épiait ? Qui se dissimulait dans l'ombre en attendant son heure, guettant le passage de Camilo, petit garçon perdu dans l'obscurité, petit orphelin étouffé par le choc, le chagrin, le déni et cette question lancinante, *vais-je revoir ma maman*.

Plusieurs fois, il s'arrêta, voulut s'asseoir, ne plus bouger, attendre le jour. Enfin, au bout de trois longues heures de marche, de tours et de détours, se guidant à la berge et au GPS de son téléphone, il arriva au hameau où le matin même, quelques heures plus tôt, des siècles auparavant, quand tout existait encore, Maritza, tu avais posé pour la photo. Un instant, il se crut sauvé, mais tout de suite l'angoisse le reprit. Comment savoir *de quel côté* étaient les habitants ? N'avaient-ils pas prêté main-forte aux tueurs inconnus ? Allaient-ils le dénoncer, prévenir les hommes qui viendraient, calmes et froids, métal meurtrier en main pour en finir ?

Alors il traversa le village sans un souffle, sans un bruit, silencieux comme un chat, et continua sa longue marche, cette fois sur le chemin, jusqu'à ce que, plus bas, une barre s'allume *enfin* sur l'écran de son téléphone, le clignotement lumineux d'un cœur qui repart. Le réseau téléphonique. *Sauvé.*

La voix à l'autre bout du fil était rapide et très lasse, la voix d'un policier de garde qui aurait préféré être au creux de son lit. « Vous êtes en communication avec la station de police, quelle est votre urgence ? » Camilo bafouillait, butait sur les mots, des larmes dans la voix maintenant, racontait les coups de feu, le corps de sa mère, là-haut, sa fuite dans la montagne, « je suis sur la route, s'il vous plaît, s'il vous plaît, s'il vous plaît, venez m'aider ». De l'autre côté de la ligne, la voix rassurait, promettait, « ne bougez pas, on arrive ». Mais personne n'arriva.

Personne ne vint jamais, ni après cet appel ni après les suivants, peut-être une dizaine en tout, que Camilo passa, un peu plus désespéré à chaque fois. Les policiers du commando d'action immédiate, le mal nommé, ne se déplacèrent pas. Alors Camilo, qui avait recommencé à marcher parce qu'une bête traquée ne reste pas immobile, appela un cousin, policier à l'autre bout du pays.

Ce que la force publique refusa de faire, la famille le fit. Ils secoururent Camilo. Le cousin policier téléphona à sa mère, la tante Nelly. Par un hasard du destin, et parce qu'elle avait abusé de la sieste le jour même, la tante Nelly ne dormait pas. Quand son fils lui narra les faits, elle resta un instant interdite, *pas Maritza, pourquoi Maritza*. Puis elle reprit ses esprits, réveilla d'un coup de fil un ancien amoureux, motard, et l'envoya chercher son neveu, les pieds en sang, à bout de forces et de nerfs, sur les contreforts de la Sierra.

Ce fut également la tante Nelly qui dut prévenir *les autres*. Comment annonce-t-on à quelqu'un que sa mère vient d'être assassinée ? Elle appela la plus forte. Ariadna, qui est infirmière, travaillait cette nuit-là. Penchée, concentrée, elle cherchait la petite veine d'un bébé et ne décrocha pas le téléphone qui sonnait, sonnait, sonnait. Il sonna tant de fois qu'une collègue décrocha, écouta sans rien dire, prononça quelques mots d'une voix blanche, prit note du terrible message. Quand Ariadna eut terminé son geste, elle vit le visage blême de la femme qui se tordait les mains sans savoir comment annoncer la nouvelle, et qui finit par lâcher le tout, Maritza assassinée, Camilo s'enfuyant, et Ariadna écoutait, incrédule et hâve, jusqu'à ce que les murs vacillent et qu'on la rattrape de justesse. Puis elle dut continuer l'affreuse tâche initiée par la tante Nelly, car ce premier appel était comme la lézarde du tremblement de terre, qui ne fait que s'étendre et engloutit tout sur son passage, Ariadna, donc, dut perpétuer la chaîne du téléphone qui déchire la nuit et apporte le malheur, la catastrophe, l'événement irréparable et ineffaçable, et quelque part au fond des esprits meurtris, il sera toujours trois heures du matin et le téléphone sonnera toujours pour annoncer que *maman est morte*.

14

Tu étais vêtue de jaune pâle, ou peut-être de beige, et un turban de tissu entourait tes cheveux. Comme tu semblais paisible. Les thanatopracteurs avaient bien travaillé, la blessure de ta tempe était maquillée et tu reposais si calmement que, sans cet aspect légèrement cireux, ce voile que dépose la mort quand elle envahit les êtres, on aurait presque cru que tu dormais.

Autour du cercueil de bois blond, vernis, couleur de miel, il y avait tes belles-sœurs, tes neveux, tes nièces, tes amies et celles qui prétendaient l'être. Tes enfants n'avaient d'abord pas pu franchir le seuil de cette salle claire, aseptisée, cette monstrueuse chambre funéraire des Jardins de Jérusalem, en banlieue de Santa Marta. Ils étaient restés dehors dans la brise tiède de janvier comme des animaux perdus, complètement orphelins maintenant, complètement seuls. Ils ne voulaient pas entrer, ne voulaient pas être là. Ils essayaient de parler d'autre chose, de nier avec des propos banals la réalité qui les attendait à l'intérieur, de prétendre que rien ne s'était passé, que leur mère ne reposait pas, froide et raide et percée de trous à quelques mètres d'eux. Et puis, sur un signe invisible, ils se levèrent et entrèrent, et Nereida, la plus frêle, la plus fragile, se mit à trembler comme une feuille, incontrôlable, et il fallut aller acheter des calmants dans une pharmacie voisine pour museler chimiquement le chagrin, le désespoir, la douleur animale, aiguë, et, semble-t-il sur le moment, éternelle.

Ils avaient passé la nuit sans dormir, dans ta maison bleue des Malvinas, ce faubourg de Santa Marta aux maisons basses et aux rues de terre battue que la rivière – ce ruisselet tourbeux chargé d'ordures qui semble assiéger le quartier – envahit tous les ans en décembre. Cette année aussi, l'eau verdâtre, brunâtre, était rentrée dans la maison, elle avait franchi le muret de béton, et avait pris d'assaut les pièces. Tu n'avais pas eu le temps de nettoyer. On voyait encore le tatouage de boue sur les murs et le sol, et tes enfants en étaient tout honteux malgré la peine et la peur, ils sentaient la gêne de recevoir dans cette pièce limoneuse les voisins, les amies, et tous ceux qui pensent montrer leur sympathie en s'imposant dans la maison des morts.

Ils s'étaient retrouvés au lendemain de ta mort, tes six enfants, tes orphelins, ceux qui habitaient loin avaient traversé le pays et ils observaient, abasourdis et inquiets, Camilo, *le petit*, encore tout graffigné de sa fuite et trop silencieux. Parce qu'ils sont pudiques, et dignes, et réservés, chacun essayait de maîtriser son chagrin face aux autres. Nereida s'enfermait dans la salle de bains pour pleurer en silence, pour serrer dans ses bras ta vieille robe de chambre, la mauve, celle à fleurs, que tu portais tout le temps, *mon Dieu, faites que rien de tout ça ne soit vrai.*

Mais tout était vrai. À l'enterrement, ta mère fut en retard, le bus interurbain n'était pas arrivé à temps, les dernières pelletées de terre étaient tombées lourdement sur le cercueil blond et Consorcia ne put que se lamenter sur ta tombe, « même pour ça, je n'ai pas été là ». Après, il y eut la police, les enquêteurs, les politiques et les médias, qui exposèrent l'histoire de Camilo et le mirent en danger, après cela il y eut des policiers devant la maison pour décourager d'éventuels tueurs, et après encore il fallut aller se cacher dans une ville nouvelle et inconnue. Il y eut aussi l'indignation publique, nécessaire mais intrusive, violente pour tes enfants en deuil. Ça avait commencé au cimetière avec des pancartes et des slogans et ton cercueil porté par des camarades en larmes, c'était très solennel. Ta mort était déjà politique, *cinq leaders assassinés en cinq jours*, tout allait très vite et chacun tirait à soi ton assassinat et les faits dans le sens qui lui convenait. « Justice sera faite avec célérité », promirent les autorités dont le nez s'allongea aussitôt.

On chroniqua ta vie à l'emporte-pièce avec des versions contradictoires, parfois fantaisistes. Tu étais une leader sociale exemplaire et célèbre, ou alors pas du tout. Tu étais une femme admirable et adorable, ou bien conflictuelle et pinailleuse. Autant l'avouer, Maritza: les discours sur ta prétendue conflictualité ne m'ont guère convaincue. Et pourtant, une des premières personnes que j'ai rencontrées, à Santa Marta, m'avait livré cette version.

C'était Jaime, le petit homme sec aux yeux mobiles, qui m'avait conseillé d'aller voir Lázaro, le seul exploitant de parcelle ayant continué à fréquenter El Diviso après ta mort, celui dont j'entendis ensuite parler si souvent – et en de si mauvais termes. Mais quand je le rencontrai, un matin de novembre, j'ignorais encore tout cela.

Au téléphone, Lázaro s'était montré méfiant mais aimable, et nous convînmes de nous voir chez lui, dans ce quartier au nom poétique de María Cecilia, un peu en dehors de Santa Marta. En fait de poésie, María Cecilia est un bidonville à peine amélioré, des maisons de fortune accrochées à la montagne le long de rues de sable et de terre. Le conducteur de la moto-taxi qui m'y déposa, après une montée abrupte et, me sembla-t-il, interminable, était fort surpris de me laisser ici, surpris et vaguement inquiet, « ce quartier craint », dit-il. Et de fait, l'endroit est infesté de paramilitaires, de groupes armés qui surveillent chaque coin de rue et gèrent l'extorsion des habitants, qui se pratique en douceur, un ou deux hommes à moto à la porte chaque semaine, « on vient encaisser la sécurité », ils emploient cette expression comme s'il s'agissait d'une entreprise de surveillance privée, ce qu'ils pensent probablement être.

Lázaro m'attendait devant sa maison bleu ciel, presque turquoise, haut dans le quartier. C'est un homme de taille et de corpulence moyennes, la peau comme un cuir brûlé et dont le visage s'orne d'une large tache de vin à partir du nez. Je ne saurais pas décrire ses yeux car ils n'ont jamais croisé les miens. Pas une fois il ne me regarda en face, ce qui me laissa, tout au long de l'entretien et par la suite, une impression étrange et désagréable.

La seconde bizarrerie fut le lieu de notre entretien. À l'extérieur, au vu et au su de tous, alors que tout le monde, dans cette enquête, m'a reçue en privé, le plus discrètement possible. Lázaro, lui, voulut me parler là où on pouvait entendre notre conversation. Est-ce un simple hasard et ai-je l'esprit trop soupçonneux ? Ou peut-être était-ce précisément ce qu'il voulait, prouver à *des oreilles indiscrètes* qu'il ne me révélait rien ? Assurer *quelqu'un* que son discours allait dans un certain sens ? J'ai souvent repassé la scène dans ma tête, Maritza, et l'impression que rien n'était clair, dans cette rencontre, n'a fait que grandir.

À mesure que j'avance, ton histoire me fait l'effet d'une partie géante de ce vieux jeu de mon enfance où il fallait débusquer le meurtrier. Le colonel Moutarde, dans la bibliothèque, avec la clef anglaise ? Madame Pervenche, avec le chandelier, dans la cuisine ? Lázaro, avec le revolver, derrière le manguier ?

À vrai dire, Maritza, je ne crois pas que Lázaro ait pressé la détente ce soir-là, ni même qu'il se soit tenu dans l'obscurité. Mais il ne m'a pas non plus fait l'effet d'un innocent.

Il était assis sur le porche, dans une chaise à bascule, à l'ombre des arbres qui poussent devant sa maison. Autour de lui se trouvaient sa femme – la bénéficiaire officielle du projet, qui n'ouvrit pas une seule fois la bouche en ma présence –, sa fille et un gendre entreprenant malgré la présence de ses beaux-parents, qui ne semblaient pas émus outre mesure par ces démonstrations de galante et lascive affection.

Lázaro commença par me parler de son quartier, María Cecilia, « un endroit très tranquille, parfaitement sûr ». Je tiquai. Ne venait-on pas de me décrire le lieu comme une version tropicale du Bronx ? Ou fallait-il en déduire que Lázaro approuvait les hommes qui « assurent la sécurité » ? Lui-même se présenta comme une victime des paramilitaires, déplacé en 2002, « et j'ai eu d'autres ennuis depuis », a-t-il ajouté sans vouloir en dire plus.

Le reste de la discussion se poursuivit dans cette sensation pénible et pesante d'omerta et de fausseté. Il évoqua la *finca* et parla de toi, Maritza, en disant « la morte », comme ça, sèchement. Son discours te tenait responsable des conflits de la ferme, tu refusais de partager la maison, m'a-t-il dit, « une vraie emmerdeuse ». Et ses yeux refusaient toujours de me regarder.

On peut, bien sûr, exécrer quelqu'un sans pour autant conspirer à son assassinat. Pourtant Lázaro était présent – sur sa parcelle, un peu plus haut dans la montagne – le soir de ta mort,

« mais je n'ai rien vu, rien entendu, je ne sais rien ». Il continue à s'y rendre, à y passer des jours, des nuits. Et il est toujours vivant.

En redescendant le long de la rue principale de María Cecilia, avec l'impression que des yeux invisibles me suivaient et le sentiment tenace que Lázaro n'avait fait que me mentir, je me suis sentie désorientée. Je pensais relater une histoire simple, chroniquer une mort annoncée. Je me retrouve face à un casse-tête colombien, je me heurte à des paradoxes et des versions contradictoires, des mensonges et des omissions, où rien n'est clair ni revendiqué, et la vérité disparaît dans cette jungle tropicale. *C'est le bordel*, me dis-je le soir même, déconfite, alors qu'un serveur pose un rassérénant mojito sur le comptoir de ce bar de Santa Marta où je suis venue mettre de l'ordre dans mes notes.

La question peut et doit se poser, Maritza. As-tu été tuée en raison de ton engagement de leader sociale ? Ou s'agit-il d'un assassinat vénal, foncier, précisément déguisé en *assassinat de leader social*, parce que c'est devenu si fréquent que c'est une bonne couverture ? La vérité se situe-t-elle encore ailleurs, à l'intersection peut-être de ces hypothèses, à la jonction de plusieurs intérêts ?

Un point m'intrigue. Contrairement à nombre de leaders sociaux, *tu n'étais pas menacée*. Pourtant, selon tes enfants, tu étais pétocharde, et il aurait suffi de quelques messages anonymes pour te faire abandonner El Diviso, si tel était le but recherché. Rien ne colle dans cette affaire.

Encore plus étrange : après ta mort, d'autres bénéficiaires du projet ont déclaré faire l'objet de menaces de mort – mais il y a controverse au sein même du groupe quant à l'authenticité des menaces. On m'a montré certains de ces messages anonymes, écrits phonétiquement et truffés d'insultes, mettant en garde contre les « putains de balances » et autres. Des SMS, une lettre d'une écriture enfantine, ornementée d'un dessin représentant maladroitement un pistolet, pour une meilleure compréhension du texte.

Ni la police ni la justice – j'ai fini par rencontrer les deux entités – ne semblent s'y retrouver non plus. Lesdites menaces sont considérées avec réserve – « les bénéficiaires se menaceraient entre eux », m'a lâché une source au ministère public. Au poste de police de Santa Marta, juste à côté de la plage, les enquêteurs de la brigade criminelle n'ont pu que me dire le piétinement de l'enquête malgré l'alléchante récompense de 100 millions de pesos – environ 27 000 euros.

Quand je les ai rencontrés, en décembre 2019, soit après onze mois d'investigations, ils avaient toujours trois hypothèses de travail. Premièrement : on t'a assassinée en raison de tes activités de leader sociale. Deuxièmement : pour prendre possession de ta parcelle, la meilleure de la ferme. Troisièmement : à cause de ce laboratoire de cocaïne découvert à El Diviso et signalé aux autorités il y a des années.

Une quatrième hypothèse a surgi dans mes carnets de notes. Que tu aies été tuée pour des motifs liés à la *finca* – mais qui dépassaient ta propre parcelle. Peut-être, en voulant développer ce territoire, risquais-tu d'attirer l'attention sur des activités qu'on préférait laisser dans l'ombre. Peut-être ta mort devait-elle être *un exemple* et tenir à distance les autres bénéficiaires – ce qui est d'ailleurs le cas aujourd'hui, sauf pour Lázaro. On peut alors penser que les commanditaires, mal informés, ignoraient ton statut de leader sociale et ne s'attendaient pas au retentissement de ta mort. Dans cette hypothèse, ton assassinat aurait dû être rapidement oublié par les autorités au lieu de se transformer en scandale national.

Enfin, la cinquième et dernière hypothèse présuppose que cette terre n'ait jamais vraiment appartenu à Henry Barreto, simple prête-nom dans ce scénario, mais plutôt à un paramilitaire ou à un narcotrafiquant. Et que Barreto – que je n'ai pas réussi à retrouver – ait vendu un terrain qui ne devait pas l'être. Plusieurs personnes m'ont expliqué que ces terrains, vendus à l'INCODER, étaient souvent rachetés aux bénéficiaires par leur propriétaire initial. Ainsi tout le monde gagne de l'argent. Si ce postulat était correct, Maritza, alors tu aurais été tuée un peu par hasard, parce qu'il fallait que quelqu'un meure pour marquer le coup et rappeler qu'on ne badine pas avec la propriété des paramilitaires.

Plusieurs de ces hypothèses posent, en filigrane, la question de la permanence de Lázaro à la ferme. Comment est-il possible qu'il y retourne sans être inquiété ?

Une chose, en tout cas, est certaine : dans ces territoires d'influence – de contrôle – paramilitaire, toute action doit être, sinon approuvée, du moins tolérée par *ceux qui font la loi*. Quelqu'un, quelque part, dans la hiérarchie d'un groupe armé, a donc autorisé ton assassinat. Et je me demande, Maritza, si je n'ai pas fini par le rencontrer.

15

C'est par un étrange enchaînement de circonstances que je me suis retrouvée un après-midi face à l'homme qui a peut-être déclenché ta mort.

Son nom – que je n'écrirai pas ici – était déjà apparu dans mes carnets de notes. Deux fois, des chercheurs me l'avaient désigné comme le probable commanditaire de ton assassinat – « cette région, c'est son territoire ».

Je n'écrirai pas son nom mais je l'appellerai Mickey, parce qu'il utilisait dans le temps, à l'instar de nombreux paramilitaires, un surnom ridicule de cet acabit. Mickey, donc, à la suite d'une enfance difficile, fut paramilitaire, protégé du Patrón, Hernán Giraldo, et, comme lui, extradé aux États-Unis. Mais depuis sa libération, c'est un homme neuf, purifié, remis dans le droit chemin, un parangon de vertu. Devenu lui-même, par une sorte de sinusoïde du destin, un leader social. Qui plus est, menacé par ses anciens petits camarades qui ne supportent pas que le bon Mickey ait renoncé au côté obscur de la Force. Voilà pour la version officielle.

En face, une autre version affirme que tout ceci n'est qu'un rideau de fumée et que Mickey – qui se contente désormais de son nom de baptême – est, au fond, toujours le même. Et qu'il consacre ses forces, non pas à défendre les communautés, mais à préparer le terrain pour le retour de son mentor – car le Patrón, toujours pensionnaire fédéral aux États-Unis, devrait bientôt rentrer au pays[1].

Il me paraissait important de rencontrer Mickey. L'occasion se présenta par l'intermédiaire d'un journaliste de Santa Marta, qu'on me décrivit comme « véreux » et que je me bornerai à qualifier ici de *bling-bling* – le cheveu gominé, la grosse voiture, les chaussures pointues mal cirées et tout ce qui va avec.

Je ne pouvais bien sûr pas lui exposer la vérité de mon enquête. Dans le meilleur des cas, Mickey aurait refusé de me voir. Je n'allais, de toute façon, pas le questionner frontalement, *dites, vous n'auriez pas tué Maritza ?* Mais, après ce qu'on m'en avait dit, je voulais m'asseoir face à lui, regarder son visage, le renifler, malgré ma terreur des paramilitaires – tout le monde, en Colombie, connaît ces récits les impliquant : ce ne sont que boucheries, machettes, scies circulaires et vagins dévastés, membres et têtes tranchés.

Il fallait prêcher le faux pour tenter de déceler le vrai. J'inventai une histoire d'article sur les *narcos* repentis, et rendez-vous fut pris en

---

1. Voir postface, p. 123.

banlieue de Santa Marta. Quand j'arrivai, le journaliste bling-bling me dit d'attendre devant sa voiture. Je craignis que la rencontre ne se déroule hors de la ville et j'imaginai derechef le salon sombre d'une *hacienda* isolée, meublée dans un style Inquisition espagnole, où Mickey surgirait d'une porte de bois noir et s'avancerait lentement vers moi, ses bottes en croco faisant trembler le sol tandis que des nervis patibulaires se posteraient aux quatre coins de la pièce et qu'on entendrait, dans les entrailles de la maison, rugir le moteur d'une tronçonneuse.

Mais un quart d'heure plus tard, quand Mickey se présenta sur place, il était chaussé d'anodines – presque décevantes – tennis de toile et me désigna benoîtement un troquet que ses gardes du corps, car gardes du corps il y avait, inspectèrent aussitôt avant de le déclarer *sécurisé*, sous l'œil vaguement inquiet du serveur.

Je fus tout de suite mal à l'aise. Lui ai-je seulement laissé une chance ? Je crois que j'avais condamné Mickey avant même qu'il ouvre la bouche et me raconte son histoire tristement banale : des parents assassinés par la guérilla, une enfance orpheline et il fallut travailler. Ce fut le Patrón qui l'embaucha, un homme qui, me dit-il, a certes commis des erreurs et des crimes, mais enfin ce n'était pas le monstre ni le prédateur sexuel partout décrit. « Ce n'était pas sa faute si les parents de la région lui amenaient leurs enfants – pour eux, c'était un honneur. » Mickey, me racontant cela, avait un air candide, comme absorbé par le souvenir du Patrón, ce mâle incompris, victime de sa propre virilité et de l'aphrodisie de fillettes prépubères.

Mickey me parla de lui, de ses années de prison et de sa rédemption, de sa nouvelle activité de leader social – vers la fameuse route Troncal del Caribe. *En plein dans la zone-clef pour les Loyaux à Giraldo*, pensai-je, tandis qu'il enchaînait sans ciller : « Il n'y a plus du tout de trafic de drogue dans ce coin-là. Il n'y a que d'honnêtes travailleurs et des touristes, un gros potentiel touristique. »

J'en ai la conviction, Maritza : ce fut un dialogue de dupes, un poker menteur. Pourtant, il se passa une chose fugitive, minuscule et capitale.

La discussion était enfin parvenue au point qui m'intéressait. Je mentionnai la violence envers les leaders sociaux de la région puis l'interrogeai sur la situation actuelle. « Il y a eu plusieurs assassinats cette année, non ? » Je posai la question de façon générale. *Je ne te nommai pas*, Maritza, je ne mentionnai pas ton cas célébrissime à Santa Marta. Mickey hocha la tête, évoqua un ou deux leaders tués, puis « cette dame morte en début d'année ».

Et là – comment l'expliquer, Maritza ? – ce fut comme un frisson de l'air, comme une vibration impalpable. Mickey *ne se rappela pas ton nom*. Il échangea un regard avec le journaliste et bafouilla : « Melissa... Merissa, non, Meritza... » Ça n'est peut-être rien, Maritza, un trou de mémoire, un non-événement, faut-il seulement le mentionner ? Pourtant à ce moment précis, autour de la table poisseuse, une certitude fulgurante m'envahit, il sait quelque chose, pire, il est coupable, et ce bredouillis sur ton nom que tout le monde connaît ici n'est destiné qu'à masquer la vérité.

Rien de plus, Maritza. Une conviction glaçante face à un homme que je quittai quelques minutes plus tard avec un grand sentiment d'irréalité et le cœur affolé.

Je marchai rapidement dans les rues de Santa Marta, sans me retourner, dans la moiteur de l'après-midi déclinant. Tout ça n'est peut-être que le fruit de mon imagination, me disais-je, pourtant j'avais la sensation d'avoir – enfin – frôlé la vérité, frôlé seulement et rien d'autre, la pointe de l'iceberg, la lumière fugace aperçue au loin. Rien de plus, Maritza. Je n'établirai pas la vérité, et justice ne sera probablement jamais faite. Et tu tomberas dans l'oubli. Une pierre tombale dans la touffeur des tropiques. Une ligne de plus dans les registres d'un État corrompu.

À ce moment, j'ai aperçu une femme sur le trottoir d'en face. Elle était grande, altière et mince, et presque noire, et quelque chose en elle me sembla familier. Un instant, je crus te voir, Maritza. Comme dans ce rêve que m'a relaté la tante Nelly, où tu marchais dans Santa Marta, heureuse et vêtue d'une robe rouge, comme si tu n'étais jamais morte. J'ai suivi la femme du regard par-delà les gens et les voitures rouillées, à travers l'air compact. Elle tourna au coin de la rue et il n'y avait plus que la foule dense qui semblait respirer, vivre et se mouvoir comme un animal bariolé.

Postface

Ce récit est le résultat d'une enquête menée à l'automne 2019. L'écriture en a eu lieu au printemps 2020.

Depuis, certaines choses ont changé.

Hernán Giraldo est rentré en Colombie en janvier 2021. Il y a été arrêté et devrait répondre à des accusations d'homicide, torture, enlèvement, terrorisme, traite de personnes, proxénétisme, entre autres.

Certaines choses sont restées les mêmes.

310 leaders sociaux ont été assassinés en Colombie en 2020.

Menacé de mort, le Profe a dû quitter le pays.

À l'heure de la mise en page de ce livre, en mars 2021, les assassins de Maritza Quiroz Leiva n'ont pas été retrouvés. « On dirait bien que ce cas est tombé dans l'oubli », m'a dit Ariadna. Des avocats ont refusé le dossier après avoir reçu des menaces, a-t-elle ajouté.

La mort de Maritza reste impunie.

Remerciements

Ce livre n'aurait pas vu le jour sans l'aide de nombreuses personnes, en Colombie et ailleurs. Je remercie en premier lieu les enfants de Maritza – Guillermo, Ariadna, Andrés, Paola, Nereida et Camilo – pour leur fabuleuse gentillesse et la confiance dont ils ont fait preuve à mon égard. J'espère l'avoir méritée.

Je remercie la tante Nelly, l'oncle Wilson, la *señora* Consorcia, Febys – et Royero, dont je n'oublierai pas la patience angélique ;

les *compañeras* de Maritza à Santa Marta. Je ne peux pas les nommer mais leur aide et leurs témoignages furent précieux ;

les chercheurs, activistes, journalistes qui ont pris le temps de me recevoir, de répondre à mes questions, ou simplement de discuter avec moi : Norma Vera, Lerber Dimas, Arturo Suárez, Melissa de La Hoz, Francisco Gutiérrez, Fernán González, Jorge González, Catalina Muñoz, Priscila Zúñiga, Sirley Muñoz, Camilo Ruedas, Florence Panoussian, Fernanda Barbosa, Juan Gómez ;

Le Profe et Luis l'Éclair, pour leur aide et leur bienveillance ;

Pepe, sa moto, son rassurant bagou ;

Gabriel Ángel et les résidents de Tierra Grata ;

mes amis de Bogotá aux portes ouvertes, épaules consolatrices et mains secourables : Luisa, Pilar, Juan David, Laura, Álvaro et les autres ;

ma famille, pour tout.

Merci également à Patrick de Saint-Exupéry pour sa confiance dans cette enquête.

Enfin, à tous ceux que j'oublie ou que je ne peux pas nommer ici, *gracias*. Ils savent que le cœur y est.

13548

Composition
NORD COMPO

Achevé d'imprimer à Barcelone
par CPI BLACK PRINT
le 17 juillet 2022

Dépôt légal : juillet 2022
EAN 9782290376690
OTP L21EPLN003324-447637

ÉDITIONS J'AI LU
82, rue Saint-Lazare, 75009 Paris

Diffusion France et étranger : Flammarion